Lola
et quelques autres

RÉGINE DEFORGES

Lola
et quelques autres

FRANCE LOISIRS
123, boulevard de Grenelle, Paris

Édition du Club France Loisirs, Paris,
avec l'autorisation de Régine Deforges

© *Régine Deforges, 1986.*
ISBN 2-7242-3877-X

« Hypocrite lecteur, mon semblable, mon frère. »

Dans quel piège ne suis-je pas tombée, le jour où j'ai pensé :
« Moi aussi je pourrais écrire de ces histoires qui vous plai-
sent [1] *... » Bien sûr, je savais qu'écrire des livres érotiques, du*
moins tel que je les aime, était difficile, très difficile. Je suis
convaincue, mais là, c'est peut-être l'éditeur qui parle, que tout
écrivain devrait écrire son érotique. Il y apprendrait bien des
choses sur lui-même et sur son travail. C'est fou, ce que j'ai pu
découvrir sur moi en écrivant mes petites histoires.

Comme tout le monde, j'ai deux ou trois phantasmes aux-
quels je tiens, que je préserve, que je cultive comme un jardin
secret. J'aime à les retrouver dans les livres, à me les raconter
le soir avant de m'endormir. Quant à les vivre... ça c'est autre
chose. Les écrire, c'était leur donner vie, leur donner une réa-
lité. Tout ceci a fait que lorsqu'un ami éditeur m'a dit : « Vous
devriez écrire un de ces livres », je me suis dit : « Pourquoi
pas. »

Les deux ou trois premières histoires ne me posèrent pas
trop de problèmes, si ce n'est que j'allais trop loin dans certai-
nes scènes, me laissant emporter par une crudité de mots et
de situations qui me surprenait de ma part. J'écrivais
« cochon » comme d'autres écrivent « précieux ». C'était assez

---

1. Le début du texte admirable de Pauline Réage : *Une fille amoureuse* (J.-J.
Pauvert).

excitant à écrire ; à lire, c'était attristant. Les gros mots, ce n'était pas mon genre. Je les aime dans les livres des autres, mais là, je ne savais pas les employer. J'ai donc tout recommencé, en me maîtrisant ; du moins, j'ai essayé. Mais c'est de l'autocensure, direz-vous ? Non. C'est le travail de l'écrivain que d'essayer d'approcher de la forme la meilleure qu'il croit devoir donner à son œuvre. Y suis-je parvenue ? Je ne le crois pas. Mais j'ai pris à écrire certaines de ces histoires un plaisir sensuel. J'ai été souvent troublée par les aventures qui arrivaient à mes héroïnes, quelquefois, je les ai enviées. Grâce à elles j'ai redécouvert que Paris était la ville-femelle par excellence, dont le sexe est la place Dauphine, qu'il y avait entre elle et les femmes une complicité évidente, que nulle part ailleurs une femme peut y vivre sa sexualité comme elle l'entend, éclatante ou cachée, perverse ou innocente.

Les bords de la Seine abriteront encore longtemps les amants qui sur ses berges viennent rêver, se caresser, pas même dérangés par les lumières des bateaux-mouches qui accrochent parfois le corps plus ou moins nu d'une fille : « J'ai toujours incroyablement souhaité de rencontrer la nuit, dans un bois, une femme belle et nue.. » Je crois qu'André Breton se serait satisfait de cette beauté arrachée à la nuit.

Lola

ou
la petite fille
aux bas noirs
de Saint-Germain-des-Prés

Je devinais, dans la pénombre,
Que tu tirais tes bas.

P.-J. Toulet

Lola est arrivée ce matin par le premier avion venant de Londres. Elle s'est fait conduire immédiatement dans le vieil hôtel de la rue Jacob qu'elle aime bien, l'hôtel d'Angleterre. Ses valises défaites et ses vêtements rangés, elle sort faire un tour dans le quartier le plus intelligent de Paris. Où trouver ailleurs une telle concentration de libraires, d'antiquaires, de galeries que dans le sixième arrondissement ? Le cinquième peut-être. Par la toujours bruyante rue des Saints-Pères elle rejoint les quais. Il est encore trop tôt pour les bouquinistes. Cela n'a pas d'importance, elle est à Paris pour quelques jours, et puis il fait si beau. La douceur de cette matinée de la fin du mois d'octobre invite à la flânerie. L'air a juste assez de fraîcheur pour rendre la marche agréable. Elle s'appuie au parapet du pont du Carrousel. Que cette ville est belle ! Quelle harmonie entre le ciel, les pierres et l'eau ! Il semble que le temps devrait s'arrêter là. Que la main de l'homme a porté à son plus haut degré de perfection ce paysage ! Elle sait, hélas ! combien cela est fragile et qu'il suffit souvent d'une décision imbécile pour abîmer à jamais une ville. Mais malgré les erreurs de ses édiles, Paris se défend et, bien que sauvagement mutilée par endroits, réussit à préserver pour ses amoureux les charmes qui mirent à ses pieds tant et tant de poètes. Lola sourit devant la banalité de ses profondes pensées en entrant dans la gare d'Orsay aménagée en salle des ventes. Les quatre halles d'exposition ouvertes au public proposent de fabuleuses collections de papillons, des dessins du XVIIe et du XVIIIe siècle, des porcelaines et des laques de Chine, la bibliothèque d'un amateur, quelques beaux tableaux du début du XIXe. Ce sont les dessins qui intéressent Lola aujourd'hui. Elle est venue à Paris pour le compte d'un riche collectionneur anglais. La vente doit avoir lieu demain après-midi.

Elle flâne en remontant le boulevard Saint-Germain. Elle ralentit devant le Café de Flore, entre feuilleter les revues d'architecture à la Hune et s'installe à la terrasse des Deux Magots face à l'église Saint-Germain-des-Prés. Elle commande un café et se laisse aller au bien-être de cette fin de matinée d'automne.

Il y a encore peu de monde à la terrasse, la petite place est calme. Tout à coup elle s'anime. Lola regarde l'heure au clocher : midi moins vingt, c'est la sortie de l'école de la rue Saint-Benoît : l'école Jacques-Prévert. Par petits groupes, les enfants passent en riant et en se bousculant, heureux de la liberté retrouvée. Son regard s'arrête sur deux fillettes en grande conversation. L'une ressemble à toutes les filles d'une douzaine d'années, vêtue d'un jean et d'un tee-shirt trop grand pour elle, coiffée à la diable. Mais l'autre !... l'autre ?... C'est un phantasme ambulant ! Sa mère doit être d'une grande innocence ou d'une grande perversité car, habiller une enfant de cette façon, c'est vouloir troubler tous les hommes qui rêvent sur les photos de la fille d'Irina Ionesco et tous ceux qui depuis Nabokov et plus récemment Louis Malle se disent qu'après tout... les petites filles... pourquoi pas ?

Lola sent un mouvement derrière elle, suivi de la chute d'une soucoupe qui roule jusqu'à elle sans se briser. Elle la ramasse avant l'homme qui s'est levé, et la lui tend. Il la remercie et retourne à sa place. Elle l'entend qui déplie un journal. Ses yeux se reportent sur les fillettes. Elle sont toujours là, bavardant avec animation. Lola regarde attentivement « le petit phantasme ». Ses cheveux blonds sont nattés et ramenés au-dessus de sa tête, ce qui lui donne un petit visage de madone préraphaélite, elle est vêtue d'une robe noire qui rappelle les tabliers d'antan, éclairée par un col claudine blanc. Ses jambes maigres sont gainées de noir. Elle sent, comme elle, l'homme à la soucoupe occupé des deux gamines, elle le devine attentif au moindre mouvement de la petite. Inconsciente des regards posés sur elle, elle se gratte le haut de la cuisse en se déhanchant, ce qui fait saillir sa croupe maigrichonne. Maintenant, elle s'est assise sur le banc, presque face à la terrasse, les jambes écartées, balançant entre elles son cartable. Elle se relève, pose un pied sur le banc. Lola sent un grand trouble l'envahir en même temps que l'envie de donner une fessée à la fille. Il lui semble entendre derrière elle un souffle haletant. Elle se retourne à demi. L'homme est fasciné par l'enfant, comme dans l'attente d'un mouvement qui lui révélera quelque chose d'intime. Son journal est posé ouvert sur ses genoux, cachant une de ses mains. Ce qu'elle devine émeut Lola qui resserre ses cuisses et manque de laisser échapper un gémissement. Lola sait que l'homme et elle pensent la même chose : « Va-t-elle se baisser ? » Les petites filles quittent le banc et s'en vont, passant devant leurs tables. Arrivée en face de Lola, la petite laisse tomber son cartable d'où s'échappent des stylos, des crayons, des gommes, un compas, une équerre, tout le petit matériel d'une parfaite écolière. Elle se baisse en riant et ramasse les objets qui roulent.

Lola entend un froissement de papier, un bref soupir. Elle devine que pour l'homme tout est terminé. Lola laisse l'argent de sa consommation sur le marbre du guéridon et se lève. L'homme s'est levé aussi, l'œil encore un peu vague. Ils se regardent et se sourient complices, sans rien se dire, heureux, et s'en vont chacun de leur côté.

La petite fille portait bien des bas noirs.

Lili

ou
les thés dansants

Ah ! ne ralentis pas tes flammes ;
Réchauffe mon cœur engourdi,
Volupté, torture des âmes

Charles Baudelaire

Lili a plus de cinquante ans. Elle fréquente depuis vingt ans les thés dansants, les dancings et autres lieux où l'on danse. La fermeture du thé dansant du Claridge avait été pour elle un rude coup. Depuis près de quinze ans, elle s'y rendait deux fois par semaine. Elle aimait cet endroit, à la clientèle, pensait-elle, plus chic que celle de la Coupole, du Royal-Lieu, du Balajo — trop canaille — et du Tango — trop populaire. Dès quatre heures de l'après-midi, le mardi et le vendredi, sauf pendant les deux mois d'été qu'elle passait à Deauville, elle garait sa voiture sur les Champs-Élysées et se dirigeait d'un pas assuré vers le célèbre hôtel. Elle éprouvait toujours un même plaisir à se retrouver dans le hall, a être saluée par les concierges et les liftiers. Elle était en pays de connaissance. Elle se contemplait dans les glaces de la galerie, fière de sa ligne encore jeune et mince, sûre de son élégance et du charme de ses grands yeux noirs rendus plus sombres encore par la blondeur soigneusement entretenue de sa vaporeuse chevelure aux ondulations naturelles. Elle marchait lentement vers la salle de danse, saluant au passage son partenaire favori de tango, puis celui qui dansait si voluptueusement la rumba, puis le général qui valsait comme son ancêtre avait dû valser à Vienne pendant le Congrès, ensuite le petit Georges (c'est ainsi qu'on l'appelait depuis une quinzaine d'années), et le beau Victor aux costumes un rien trop voyants, et Lionel, dont toutes les dames étaient folles, Maryse qui n'avait pas sa pareille pour danser le charleston, Roberte, qui, disait-on, vivait de ses charmes, madame Hortense, qui lisait dans les lignes de la main, la Comtesse, dont les colères étaient redoutées du personnel. Tendant la main à l'un, embrassant l'autre, Lili arrivait au vestiaire tenu par Georgette qui menait son monde, clients et assistantes, à la baguette. Georgette était là depuis 1933. Ah, elle en avait vu ! Ce n'était pas à elle qu'il fallait en conter ! Elle connaissait les bonheurs et les malheurs de presque tous les habitués, soit qu'ils l'aient prise comme confidente, soit qu'elle ait surpris une conversation. Elle servait également de boîte aux lettres et dépannait volontiers les vieux clients momentanément gênés.

— Bonjour, Georgette, comment va la tension aujourd'hui ?

— Toujours trop forte, madame Lili. Et vous, votre circulation.

— Ça va, ça va.

Avant d'entrer dans la salle, Lili vérifiait toujours son maquillage et sa coiffure. Et c'était la tête haute, un sourire aux lèvres, qu'elle franchissait le seuil.

L'orchestre préludait. Raoul, le maître d'hôtel, s'approchait de Lili :

— Bonjour, madame Lili. Vous avez une mine superbe... Vous avez une robe d'une élégance !... Je vous ai gardé votre table...

Depuis quinze ans, deux fois par semaine, il disait la même chose. La première année cela l'avait agacée, maintenant, cela faisait partie d'un rite que le moindre changement eût perturbé.

Lili gagnait sa place, au bord de la piste, pas très loin de l'orchestre, pas trop près non plus, commandait un thé de Chine, s'installait le plus confortablement possible sur la chaise dorée et, s'appuyant négligemment au guéridon, elle regardait autour d'elle.

La grande salle se remplissait peu à peu, de vieilles relations venaient la saluer. Peu de nouveaux visages. Ce n'était pas cette fois qu'elle se laisserait aller à la débauche, pensait-elle, souriante. Et pourtant... que d'aventures elle avait eues dans cet endroit en apparence si guindé, oh ! pas autant qu'ailleurs, mais quand même !... Elle se souvenait avec émotion du jour où un jeune comédien alors inconnu, aujourd'hui célèbre, l'avait entraînée, après un slow à la limite de la décence, dans l'ascenseur où il lui avait pétri les seins et le sexe avec violence. Ensuite dans la lingerie du dernier étage de l'hôtel où là, l'appuyant sur la table à repasser, relevant sa jupe et écartant sa culotte, il l'avait pénétrée avec une vigueur qui lui avait arraché un cri. Pour plus de commodité, sans doute, il l'avait basculée en tenant ses fesses à pleines mains. Tout en lui faisant l'amour, il l'insultait. Et maintenant encore le souvenir de ces mots grossiers lui faisait serrer les cuisses voluptueusement. Il l'avait raccompagnée à sa place, lui avait baisé la main et s'en était allé. Ils s'étaient revus deux ou trois fois et, à chaque fois, ils avaient fait l'amour à la sauvette soit dans les couloirs de l'hôtel, soit debout dans un ascenseur ou sous une table de la salle de conférence à l'abri du grand tapis vert. Lili avait peur d'être surprise et, en même temps, cela ajoutait à son plaisir. Puis il avait disparu. Elle ne l'avait revu que sur les écrans.

Mais ce temps-là était révolu. Depuis la fin de la guerre, elle en avait vu disparaître de ces endroits voués à la danse et aux rencontres de hasard ! Moins de dix subsistent maintenant. Pour combien de temps encore ? Et pourtant... Ces endroits auraient dû être préservés, déclarés d'utilité publique. Ils étaient nécessaires aux riches comme aux pauvres, aux jeunes comme aux vieux, aux hommes comme aux femmes, à ceux qui avaient trop de loisirs, à ceux qui n'en avaient pas assez, à ceux qui ne venaient que pour danser et à ceux qui ne venaient que pour draguer. Ils étaient le refuge de tous les solitaires, en mal de rencontre, ne fût-ce que le temps d'une danse. Le militaire y venait en goguette, la petite bonne y chercher un amoureux, le retraité un peu de verdeur, le

25

provincial l'air de Paris, la dame d'âge mûr un gigolo, le gigolo une cliente, le représentant de commerce une heure à tuer agréablement entre deux rendez-vous, les commerçants un moment de détente après une semaine bien remplie, le fonctionnaire l'oubli des tracasseries de son chef de service. Tous, quand ils entraient au Bal de la Marine, à la Boule rouge, au Tango, à la Coupole, au Balajo, à la Java, au Tahiti, au Bal Nègre, au Mikado et autres lieux, se débarrassaient durant une heure ou deux de leurs soucis. Ils avaient l'impression, au son de l'accordéon ou du violon, que leur pauvre vie, si monotone et si banale, allait être transformée. Le temps d'un tango chanté par un mauvais émule de Carlos Gardel, ils se voyaient dans la pampa ou dans les bas quartiers de Buenos Aires, reine de la prairie ou roi du tango. La valse grisante transformait la midinette en une jeune Viennoise emportée par un bel officier. La rumba évoquait de beaux garçons bruns aux hanches étroites et vigoureuses, moulées dans des pantalons prometteurs, et de jolies filles si lascives qu'un simple geste suffisait à les faire s'allonger « sur le sable plus doux qu'un lit ». La java rendait le plus petit employé de banque aussi hargneux et brutal qu'un apache des fortifs qui serait sorti d'un roman de Charles-Henry Hirch, et l'employée des postes devenait une gigolette à qui on ne la faisait pas. Ah ! Qui dira les ravages de « La Java bleue » dans les bals du samedi soir ?

Le temps d'un paso-doble, la grosse Germaine devenait Andalouse et le petit Riri avait des grâces de torero.

Mais la reine des danses, celle qui faisait l'unanimité et réunissait sur la piste, aux lumières soudain baissées, les jeunes et les vieux, ceux qui savaient danser et ceux qui ne savaient pas, c'était le slow. Là, ce n'était pas la danse qui comptait, ni le savoir-faire du partenaire, mais sa présence physique. Il suffisait de très peu bouger. D'ailleurs, l'affluence était telle que faire des figures était impossible. Plus question de pas compliqués, de danseurs à éviter, de rythme à suivre, mais seulement le face à face de deux êtres qui ne se connaissaient pas, unis aux yeux de tous dans un accouplement collectif, l'espace de quelques minutes. Tous deviennent attentifs : l'homme qui peu à peu resserre son étreinte, la femme qui guette une réaction intime puis qui, l'ayant constatée — avec satisfaction — s'écarte en faisant semblant d'être choquée ou au contraire, profitant de l'impunité de la danse et du lieu, se frotte sur cette proéminence avec des airs de ne pas y toucher. Le partenaire ravi accentue sa pression. Il n'est pas rare que la dame ressente un tressaillement de l'objet, puis plus rien, si ce n'est l'air faussement désinvolte du monsieur qui, souvent, la danse à peine terminée, disparaît dans la direction des toilettes.

C'est toujours au cours d'un slow que l'on conclut un rendez-vous dans un hôtel voisin. Lili n'a jamais fait autrement et, selon l'endroit, sait ramener dans ses filets l'amant idéal pour une heure ou deux, qu'il soit désintéressé ou non. Le fait d'avoir quelquefois payé les faveurs de ses amants ne lui a jamais posé le moindre problème et, dans certains cas, elle a trouvé cela plus agréable et plus confortable. Pas besoin de jouer la passion, tout est clair : « Je paie, tu baises. » Et puis, cela dépanne parfois de bien gentils jeunes gens ! Où avait-elle lu que l'auteur du *Con d'Irène* avait gagné sa vie, durant un temps, dans les thés dansants ? Elle ne s'en souvenait pas. Mais, le plus souvent, Lili n'a pas besoin d'ouvrir son porte-monnaie pour être aimée. Il ne manque pas de quinquagénaires, ni même de sémillants sexagénaires que sa blondeur, sa poitrine opulente et ses jambes fines attirent pour elles-mêmes. Ce n'est pas que Lili recherche systématiquement une aventure chaque fois qu'elle va danser, non, mais cela fait partie des choses possibles, souhaitées même. Cela ajoute du piquant à la plus banale danse : « Avec celui-ci ? ou bien celui-là ? Le grand maigre ? ou le petit trapu ? Le jeune boutonneux ou ce monsieur à l'air important qui essaie vainement de rentrer son ventre ? » Elle en fait un jeu.

Aujourd'hui, elle se sent d'humeur folâtre. Après un déjeuner bien arrosé à la Coupole et un film pas trop mauvais dans un cinéma de quartier, elle descend en chantonnant l'escalier de la célèbre brasserie qui mène au dancing. Elle a beau être une habituée de l'endroit, à chaque fois elle a un petit pincement au cœur en entrant dans la vaste salle : des femmes seules, plus très jeunes, trop bien coiffées, sont assises très droites devant une menthe à l'eau ou un thé, attendant que l'orchestre commence. C'est là pour Lili l'image même de la solitude : ces femmes qui attendent. Et à chaque fois, elle a comme un mouvement de révolte, un désir de fuite, à l'idée de les rejoindre. Il se dégage de ces femmes assises une telle tristesse, une telle soumission que plus d'une fois elle a eu envie de les prendre par les épaules et de les secouer. Mais elle ne le fait pas, se souvenant de la réponse que lui avait faite il y a quelques années une femme brune, ni belle, ni laide, ni jeune, ni vieille, à qui elle avait demandé :

— Pourquoi venez-vous là ?

— Où voulez-vous qu'on aille quand on est seule, qu'on a envie de danser et que l'on a mon âge ?

Cela avait été dit avec une telle amertume que Lili n'avait pas insisté.

Pour chasser ce sinistre souvenir, Lili commande un whisky. La salle se remplit peu à peu. Le premier orchestre arrive : c'est celui des tangos et des danses plutôt lentes. Les musiciens sont vêtus de chemises blanches, de pantalons noirs et de ceintures de flanelle rouge (du moins, Lili aime imaginer que c'est de la flanelle rouge). L'orchestre s'installe, prélude et attaque un air entraînant, compromis entre le foxtrot, la marche et la rumba. Les hommes se lèvent tous ensemble et commencent autour de la salle, entre les tables, une sorte de ballet qui consiste à repérer les femelles possibles et à faire admirer à celles-ci leur prestance de mâle. Une à une, les femmes se lèvent. Lili refuse toutes les propositions. Elle aime bien attendre une ou deux danses afin d'évaluer les qualités des danseurs. Pas grand-chose d'exaltant.

— Vous dansez, madame ?

Une voix à peine audible a murmuré l'invitation. Elle lève

la tête et n'en croit pas ses yeux. Debout, en face d'elle, mignon comme tout, un jeune homme au teint frais de fille, aux cheveux ras de militaire en permission, se tient d'un air gauche, attendant sa réponse.

Elle sourit gentiment en acceptant. Sur la piste, il n'est pas si gauche que ça et il tient sa partenaire avec toute l'autorité d'un homme mûr. Lili se laisse aller. Les cheveux trop courts du garçon sentent encore le shampooing, ajoutant à l'odeur de petit enfant propre qui se dégage de lui. Elle est émue par le corps fin et nerveux qui s'appuie contre elle. La fraîcheur de sa peau lui donne envie de le mordre. Elle ne résiste pas au désir de prendre entre sa main la nuque rasée. Le garçon a un mouvement de tête rapide à ce contact. Croyant lui avoir déplu, elle a retiré sa main.

— Non, ce n'est pas ça, vous m'avez chatouillé... Mais j'aime bien, ajoute-t-il après un moment.

Elle replace sa main et ses doigts remontent le long de la nuque. Il a un grognement de satisfaction.

Entre chaque danse, ils ne regagnent pas leur place, mais restent debout en bordure de la piste, bavardant en attendant la reprise. Au changement d'orchestre, d'un commun accord, ils sortent.

Elle fait ce qu'elle ne fait jamais, elle lui propose de venir boire un verre chez elle. Il accepte.

Au deuxième whisky, il se jette sur elle. Elle le repousse en riant, mais il revient tel un jeune chien. Alors, elle ne résiste plus aux baisers gloutons et maladroits du garçon, elle l'aide quand il essaie de dégrafer son soutien-gorge. Il enfouit sa tête entre les deux seins un peu lourds mais si doux de Lili. A son tour elle le déshabille. Son sexe se dresse fièrement au milieu d'une toison rousse. Son corps maigre est encore celui d'un adolescent et sa peau... elle ne se lasse pas de la humer, de la flairer dans les coins les plus ombreux, avec délices, comme une chatte reconnaissant ses petits. Ce petit-là, si doux, si menu, si délicat, au sexe mignon, si fier, si arrogant, sent le nourrisson. S'il était plus âgé elle le lui dirait en riant, mais il est si jeune. La moindre allusion à son âge risque de l'effa-roucher, de le faire s'enfuir. Et ça, elle ne le veut pas. Ils font l'amour, ou plutôt elle lui fait l'amour, doucement, et le gar-çon, confiant, se laisse conduire jusqu'au plaisir.

Privilège de la jeunesse, il manifeste à nouveau un désir évident. Cette fois, Lili pense davantage à elle-même et éprouve un plaisir si mêlé de tendresse que les larmes lui viennent aux yeux.

Après ce deuxième assaut, le petit s'est endormi. Lili se défend mal d'une émotion qu'elle juge déplacée, incongrue, idiote. Qu'a-t-il de plus que les autres jeunots rencontrés au fil des années ? Il va sûrement à son réveil lui demander de l'argent. Quand on a vingt ans, on ne va pas dans les dancings ouverts l'après-midi dans d'autre but que de lever la rom-bière qui casquera pour croire qu'elle est encore baisable. Lili s'en veut de ces mauvaises pensées et surtout d'être attendrie par ce gigolo.

Le gigolo a ouvert les yeux, il sourit et, attirant Lili, lui prouve une nouvelle fois qu'elle est désirable. « Il veut m'en donner pour mon argent », pense-t-elle avant de se laisser aller au plaisir qui monte en elle.

Quand elle sort de la salle de bains, recoiffée, légèrement maquillée, enveloppée dans une gandoura de laine blanche, le garçon s'est déjà rhabillé. Elle fouille dans son sac à main et lui tend plusieurs billets de cent francs. Le garçon recule avec un geste de colère en rougissant.

— Pour qui me prenez-vous ?

Tiens, il parle comme une femme que l'on aborde dans la rue.

— Prends, tu t'achèteras des cigarettes.

Il s'approche d'elle à la toucher et la regarde mécham-ment.

— C'est moi qui devrais vous payer. Mais je n'en ai pas les moyens.

Il s'incline, lui baise la main et s'en va.

Elle reste là, comme une idiote, les billets au bout de sa

main tendue. Elle voudrait courir derrière lui, lui demander de l'excuser de sa maladresse. Lui dire qu'elle aimerait le revoir. Elle va à sa fenêtre, le regarde traverser la rue et disparaître dans la bouche du métro.

— Merci, petit, murmure-t-elle.

Elle replace les billets dans son sac, s'assied devant sa coiffeuse et se regarde longuement, sans indulgence et sans pitié. Une larme coule sur sa joue, laissant une trace claire sur le maquillage.

Léone

ou
le buffet
de la gare de Lyon

On découvre trop tard que la merveille est dans l'instant.

François Mitterrand

Tout avait débuté au restaurant de la gare de Lyon, le Train Bleu.

Les vacances de Noël venaient de commencer. Les abords de la gare étaient envahis par une foule pressée, bousculée, chargée de valises, de sacs et de paires de skis. Léone ayant accompagné sa mère et ses enfants finissait de régler sa course au chauffeur de taxi bougonnant encore contre les embouteillages qu'ils venaient de traverser.

— Et ils se plaignent du prix de l'essence, même à dix francs le litre, ils la prendraient leur fichue bagnole... Ah ! vivement la retraite.

Léone lui laissa un bon pourboire pour la calmer et voir apparaître sur le visage fatigué du vieux un sourire.

— Merci bien, ma p'tite dame. Bon voyage.

Sa mère avait réussi à trouver un porteur, les deux enfants attendaient, rendus sages par la promesse de dîner au restaurant avant de monter dans le wagon-lit. Ils y avaient quelque mérite tant ils étaient excités par cette rupture avec le calme de leur vie quotidienne.

Ils suivirent le porteur jusqu'à l'ascenseur qui les conduisit au restaurant. En passant sous l'horloge, son fils se rappela un épisode d'*Adèle Blansec* de Tardi qui l'avait considérablement impressionné. Les deux enfants restèrent bouche bée devant la somptuosité baroque de l'endroit. La profusion des ors, les murs et les plafonds peints de scènes colorées, les nudités, le côté théâtral des lourdes tentures de velours grenat, les dessertes roulantes et chauffantes en argent soigneusement poli, celles qui supportent un choix impressionnant de pâtisseries, ces dernières surtout, achevèrent de les séduire.

Le maître d'hôtel les installa confortablement et leur apporta les cartes. Sophie déclara d'un ton définitif, du haut de ses cinq ans, qu'elle ne prendrait pas de soupe mais des escargots.

— C'est bien lourd pour le soir, dit la grand-mère.

— Cela ne fait rien, maman, dit Léone, c'est les vacances.

Sophie lança à sa mère un regard complice et reconnaissant. Quant à Jacques, plus grand, il choisit un saucisson chaud et une andouillette « avec beaucoup de pommes de terre frites », précisa-t-il. Léone et sa mère, plus raisonnables, se contentèrent d'un consommé et d'une grillade accompagnés d'un honnête bordeaux.

La commande passée, le vin servi vite à sa demande, Léone s'octroya un moment de détente en allumant une cigarette et en buvant lentement un verre de vin.

Deux jeunes hommes aux alentours de la trentaine, l'air heureux, plutôt beaux, chargés de bagages, vinrent s'asseoir de l'autre côté de l'allée, choisirent leur menu et passèrent leur commande. Puis, comme Léone, allumèrent des cigarettes et regardèrent autour d'eux. Ils la remarquèrent ensemble et eurent un même sourire gai et émerveillé. Léone esquissa un sourire. Elle se savait belle enveloppée de laine noire et mousseuse qui mettait en valeur son teint clair et ses cheveux blond cendré. Elle détourna la tête mais continua à sentir sur elle le regard des deux hommes. Son fils remarqua lui aussi leur manège et dit d'un ton jaloux de propriétaire :

— Qu'est-ce qu'ils ont à te regarder comme ça, ces deux-là ?

— C'est parce qu'ils trouvent maman la plus belle, dit

38

Sophie en se blotissant contre sa mère comme pour bien montrer que Léone était à elle et à personne d'autre. Ce que voyant Jacques se leva et vint à son tour embrasser sa mère. Elle les tint contre elle en riant, heureuse du contact de leurs jeunes corps si vivants.

— Voilà des enfants qui ont bien de la chance, murmura, assez haut, cependant, un des hommes.

C'était banal, mais le son de la voix plut à Léone.

Les garçons apportèrent les plats. Jacques regagna sa place et attaqua gloutonnement son saucisson chaud, pendant que Sophie se battait avec la pince à escargots. Durant quelques instants, ils mangèrent en silence.

De temps à autre, Léone levait la tête et regardait vers la table voisine. A chaque fois, elle surprit sur elle le regard de l'un ou l'autre des deux amis. Peu à peu, elle se sentit envahie par un trouble qui allait grandissant. « Quel dommage que je ne sois pas seule... ils sont beaux tous les deux, j'aurais du mal à choisir... mais pourquoi choisir ?... Je suis complètement idiote, de toute façon, ils partent... J'aimerais bien partir, moi aussi !... Ça me fait pourtant plaisir d'être seule quelques jours à Paris, de revoir mes amis, de rentrer à l'heure que je veux... C'est étrange comme ces garçons me plaisent... Je sens que c'est réciproque, je leur plais à tous les deux... comment faire ?... j'aimerais bien les revoir... savoir où ils habitent... je ne peux pourtant pas leur adresser la parole, surtout devant maman et les enfants... Oh ! la vie est mal faite !...

Elle prit une cigarette. Une flamme jaillit. Un des hommes lui tendait du feu. Elle alluma sa cigarette et remercia d'un signe de tête.

Le garçon desservit et apporta les viandes. De plus en plus troublée, elle répondait par monosyllabes aux questions des enfants. Sophie la tira par sa manche :

— Tu ne m'écoutes pas, à quoi penses-tu ?

Léone embrassa l'enfant.

— Je pensais que j'allais m'ennuyer sans toi.

Elle s'efforça d'avoir l'air intéressée par les propos de sa mère qui s'inquiétait de savoir comment sa fille passerait les fêtes, et par ceux de Jacques qui se demandait s'il aurait le même moniteur que l'année dernière, et s'il pourrait aller au cinéma l'après-midi.

A nouveau, ses yeux rencontrèrent ceux des deux hommes. Cette fois elle soutint leurs regards. Elle y lisait un désir semblable au sien, immédiat, brutal et transparent. Elle se sentit rougir et détourna la tête. Leur présence se fit de plus en plus obsédante, les battements de son cœur s'accélérèrent, ses mains devinrent moites, tout le bas de son corps lui sembla changer en plomb. Des éclairs de lucidité la faisaient se traiter de folle, de malade, d'obsédée sexuelle. Elle prit une nouvelle cigarette et cassa successivement trois allumettes sans réussir à l'allumer. Celui qui lui avait déjà donné du feu se leva et présenta la flamme de son briquet. Sa main tremblait légèrement, faisant vaciller la courte flamme. Léone appuya sa main sur celle du garçon pour l'amener à la hauteur de sa cigarette. Ce simple contact la bouleversa. La flamme du briquer s'éteignit sous le souffle de Léone.

— Excusez-moi, dit-elle en levant les yeux. Son émotion fut à son comble en voyant le visage pâle et ému de l'homme. Il ralluma le briquet. Léone aspira profondément la fumée avec un véritable soulagement.

— Merci.

Il regagna sa place, dit quelques mots à son ami qui sourit tout en regardant Léone. L'arrivée de la voiture des desserts fit diversion. Les enfants voulaient de tout : de la mousse au chocolat et un baba au rhum, des œufs à la neige et une tarte à la framboise, un sorbet au cassis et un gâteau au chocolat, des meringues glacées et une tarte tatin, ils ne savaient plus où donner des yeux, tout comme leurs deux voisins qui prirent chacun deux desserts sous les regards admiratifs des enfants. Léone prit un café, ce qui lui valut de la part des deux amis des réflexions amusées sur les femmes qui veulent garder leur ligne. Bien que tout cela fût d'une grande banalité, Léone riait à leurs propos, heureuse de ce contact fortuit qui allait prendre fin sur le quai de la gare.

L'heure approchait, Léone demanda l'addition et un porteur. Ils s'offrirent à porter les bagages, mais devant leur nombre ils y renoncèrent en riant.

— Où allez-vous ? demanda l'un d'eux.

— A Morzine, dit Sophie.

— Quelle chance, nous aussi, dirent-ils avec un ensemble si parfait qu'ils éclatèrent de rire tous les trois.

Sa mère regardait Léone d'un air réprobateur et les enfants d'un air jaloux. Ils arrivèrent devant leur wagon-lit. Le contrôleur ouvrit la porte de séparation entre la cabine des enfants et celle de leur grand-mère. Ils passèrent de l'une à l'autre en criant et sautant. Léone sortit dans le couloir, et aperçut les deux hommes à l'autre bout du wagon qui venaient vers elle. La même émotion ressentie dans le restaurant l'envahit à nouveau avec plus de violence. Elle fut bien obligée de s'avouer qu'elle avait envie des deux ensemble, que c'était leurs désirs conjugués qui excitait le sien. « Complètement dépravée », pensa-t-elle. Heureusement que tout allait en rester là : eux à Morzine ou au diable, elle à Paris. Un coup de cafard l'envahit à la pensée d'être seule à Paris, dans le Paris gris, froid et boueux du mois de décembre, pendant que d'autres partaient vers la neige et les vacances, peut-être le soleil.

— On vous cherchait... Vous venez prendre un verre de champagne avec nous.

— Non, merci, ce n'est pas possible, le train va bientôt partir.

— Mais nous avons tout le temps jusqu'à Morzine.

— Je ne pars pas, je ne fais qu'accompagner les enfants.

— Oh ! non...

Le parfait ensemble avec lequel ils dirent ces deux mots, leur air si violemment désappointé émurent tellement Léone qu'elle se réfugia dans le rire.

— Ne faites pas cette tête-là, on dirait que vous venez de perdre votre meilleur ami.

— Il y a un peu de ça, murmura le plus brun des deux.

— Venez avec nous, dit l'autre, c'est idiot de rester à Paris pour Noël.

— Mais oui, venez, pourquoi ne viendriez-vous pas ?

— Mais je ne peux pas, mon travail...

— Vous téléphonerez demain pour dire que vous êtes malade.

Sophie avait suivi tout cet échange d'un air sérieux, regardant tour à tour sa mère et les deux garçons. Elle prit sa mère par la main.

— Ils ont raison, ce serait bien si tu venais avec nous.

— Tu sais que ce n'est pas possible, ma chérie. Va voir ta grand-mère.

— Venez, nous avons tellement envie de faire votre connaissance. Si vous ne pouvez pas rester toutes les vacances, venez deux ou trois jours.

— Non, je vous assure, ce n'est pas possible. Et puis, je n'aurai rien à mettre. Je ne peux pas aller dans la neige dans cette tenue.

D'un geste de la main, elle se montra : ses fins escarpins noirs ne pouvaient pas remplacer de solides après-skis et ses fins bas gris fumé, des fuseaux imperméables ; quant aux gants de chevreau, dès le premier contact avec la neige, ils seraient transpercés.

— Ça ne fait rien, on vous achètera sur place ce qui vous manque.

Elle ne répondit pas. Ils se regardèrent tous les trois en silence, complètement ficelés par leur désir de se blottir les uns contre les autres, de se caresser, de s'aimer. Léone eut un mouvement de colère : « Ils ont raison, qu'ai-je à faire d'important à Paris ? Je restais parce que je n'avais pas envie de partir avec maman et les enfants... mais ?... part-on comme ça, avec des gens qu'on ne connaît pas ?... La seule chose que je sais d'eux, c'est qu'ils ont envie de me baiser... voilà que je deviens vulgaire... ils m'énervent, à la fin... et puis, que penserait maman, si je restais là, comme ça... elle n'est pas si sotte... et les enfants ?... oh, la barbe les enfants... si je partais ?... ce n'est pas possible, je n'ai pas ma brosse à dents... je ne pourrai pas me démaquiller... je serai belle

42

demain matin... mais ils sont si séduisants... pourquoi ne pas céder à leur désir... et au mien... alors ?...

— Madame, il va falloir descendre, le train va partir.

Le contrôleur l'arracha à ses réflexions. Elle fit un signe d'adieu aux deux hommes et entra dans le compartiment pour embrasser sa mère et les enfants. Comme à chaque départ, Sophie versa quelques larmes, vite séchées par les baisers de Léone. Jacques voulut ouvrir la vitre donnant sur le quai, sa mère l'en dissuada à cause du froid. Elle embrassa tout son monde une dernière fois et descendit du train. Le contrôleur referma la porte derrière elle.

Comme la plupart des gens, elle détestait les adieux sur le quai des gares, cela lui donnait envie de pleurer. Sans attendre le départ du train, les derniers baisers envoyés du bout des doigts, elle se dirigea vers la sortie. Elle passa devant le wagon des deux amis qui étaient debout sur le marchepied.

— Je vous en prie, venez, vous repartirez demain si vous voulez.

Elle s'arrêta, tout son corps tendu vers eux, tiraillée entre le désir de sauter dans le train et le souci des convenances.

— J'aimerais bien mais...

Le train eut un léger sursaut et démarra lentement. Elle eut comme un mouvement pour y monter. Machinalement elle marcha près de lui, comme quelqu'un qui veut retarder le moment de la rupture d'avec un être aimé qui part pour un long voyage.

— Venez...

Elle se sentit soulevée, arrachée plutôt par deux fortes mains et se retrouva dans le train qui prenait de la vitesse entre les deux hommes qui la regardaient d'un air de satisfaction mêlé d'inquiétude.

— Mais c'est un enlèvement... vous êtes fous !

Mais le son de sa voix, ses yeux brillants et gais, sa bouche entrouverte et humide démentaient ses paroles.

Ils se mangeaient des yeux, sans un mot, sans un geste, tout à l'émerveillement d'être ensemble enveloppés dans ce formidable désir de s'aimer qui les avait saisis, alors que chacun d'eux n'avait en tête que les banales préoccupations du départ.

Le charme ne fut pas rompu par la venue du contrôleur qui ne parut pas surpris d'avoir une passagère supplémentaire. Une cabine restait libre. Léone voulut régler sa place, ils s'y opposèrent. Ils commandèrent une autre bouteille de champagne.

— Pour fêter notre voyage.

Ils se présentèrent : Gérard, Dominique. Elle ne retint que leurs prénoms.

— Moi, c'est Léone.

— Buvons à la santé de Léone.

Ils levèrent leurs trois verres. Le champagne était tiède, mais cela n'avait pas d'importance : il n'était que le symbole de leur entente.

Accoudés devant la vitre du couloir, ils regardaient en silence, sans les voir, défiler les immeubles noirs, troués çà et là par la lumière des fenêtres, de la triste banlieue parisienne. Gérard passa son bras autour de la taille de Léone, tandis que Dominique la prenait par l'épaule. Sans honte ni fausse pudeur, Léone se laissait aller au bien-être rassurant qui l'envahissait en même temps que la chaleur des deux hommes. Ils restèrent comme cela longtemps, savourant la certitude des plaisirs à venir. Bientôt les lumières s'espacèrent et il n'y eut plus que le trou noir de la campagne.

Ils entrèrent dans un de leurs compartiments et aidèrent Léone à retirer son manteau. Elle resta debout, les bras ballants, confiante, calme. Seule sa respiration s'était un peu accélérée. Dominique l'attira contre lui en lui embrassant doucement le visage, le cou. Elle sentit son corps se durcir contre le sien, elle tendit ses lèvres et ce premier baiser fut tellement voluptueux qu'elle eut l'impression de s'évanouir de bonheur. Gérard la retourna contre lui et à son tour l'embrassa avec une gourmandise profonde. Elle gémit. Tandis que Gérard prolongeait son baiser, elle sentit que Dominique faisait glisser la fermeture de sa robe. Sans interrompre leur baiser, il fit glisser les bras de la jeune femme hors du vêtement qui tomba mollement à ses pieds. Elle l'enjamba et se retrouva en courte combinaison de soie d'un gris très pâle rehaussé de dentelle ocre. Les mains des deux hommes chiffonnèrent cette douceur. Ils se frottèrent à elle et elle sentit contre son ventre et contre ses fesses leurs sexes durcis. Elle bougea afin de les mieux sentir. Il lui sembla qu'ils durcissaient encore. Gérard abandonna sa bouche et, s'asseyant sur la couchette, baissa les épaulettes de la combinaison et du soutien-gorge de Léone. Les seins apparurent lourds et splendides. Gérard enfouit son visage en pressant contre sa bouche la masse odorante. Il se recula pour mieux les contempler. Les mouvements du train les agitaient, leur donnant une vie propre, les mamelons érigés semblaient appeler les baisers et les morsures.

— Que tu es belle !

Elle attira la tête de Gérard contre sa poitrine. Il happa goulûment une pointe, Léone poussa un cri.

— Oh ! pardon, je t'ai fait mal ?

— Non, non, continue.

Gérard reprit sa caresse à laquelle Léone s'abandonna en gémissant.

Dominique contempla le spectacle de la bouche de Gérard allant d'un sein à l'autre tandis que ses mains pressaient avec violence cette superbe poitrine. Il retira la combinaison déjà froissée et la culotte déjà humide. Il la porta à ses narines. Léone était nue entre les deux hommes encore vêtus, n'ayant gardé que son porte-jarretelles, ses bas et ses chaussures. Dominique n'y tient plus. Il sortit son sexe et, cambrant Léone vers lui, en la tenant aux hanches, s'enfonça en elle en gémissant. Elle fit mine de s'échapper, mais le garçon maintint solidement sa prise en s'enfonçant encore davantage. Son sexe devait être d'une taille respectable car elle se sentait envahie comme elle ne l'avait jamais été. Il bougea doucement en murmurant :

— Je t'aime, tu es bonne.

La bouche et les mains de Gérard meurtrirent davantage ses seins, le sexe de Dominique se fit de plus en plus véhément, un plaisir nouveau, fort, sauvage, montait en Léone qui jouit en criant quand Dominique se répandit dans son ventre. Il resta un moment en elle, la soutenant et lui donnant de petits baisers dans le dos. Gérard l'arracha du corps de son ami et l'allongea sur la couchette. Il enleva frénétiquement tous ses vêtements qui tombèrent à travers la cabine et se jeta sur Léone dans un état d'érection impressionnant. Il la prit sans ménagement. Elle n'eut pas le temps de s'étonner, d'éprouver encore du plaisir qu'ils jouirent ensemble, criant et gémissant.

Il semblait à Léone que le temps s'était arrêté. Son corps, heureux, flottait. Les balancements du train complétaient l'illusion.

— J'ai soif, murmura-t-elle.

Dominique lui versa un peu de champagne tiède qu'elle but d'un trait. Il passa une serviette mouillée sur son corps, ce dont elle lui fut reconnaissante, et l'aida à retirer ses bas et son porte-jarretelles. A son tour, il se mit nu.

Gérard grogna. Il avait si visiblement du mal à émerger que Léone et Dominique éclatèrent de rire.

— Tiens, un peu de champagne te fera du bien.

Il prit la bouteille des mains de Dominique et but au goulot. La mousse glissa de sa bouche le long de son cou et se perdit dans les poils de sa poitrine. Il éructa en s'excusant, alluma une cigarette qu'il tendit à Léone et en offrit une à Dominique. A moitié allongés sur la couchette, les jambes pendantes, blottis les uns contre les autres, ils fumèrent en silence.

Ce fut Dominique qui interrompit leur rêverie en se glissant à terre entre les jambes de Léone. Sa langue chaude et habile acheva de la sortir de sa douce torpeur. Elle grogna en maintenant fortement la tête du garçon contre son ventre. De sa main libre elle chercha le sexe de Gérard qui sous ses doigts se réveilla. A genoux sur la couchette, il approcha son sexe de la bouche de Léone qui le lécha à petits coups comme un chaton lapant du lait. Dominique la fit glisser de la couchette et, la soulevant, l'enfonça sur son membre. Gérard déçu, se caressait doucement. Ils jouirent tous les trois en même temps.

Léone s'endormit au milieu d'une phrase. Mais son sommeil ne dura pas longtemps. Elle fut réveillée par un sexe bougeant en elle. Plus tard, un des garçons la sodomisa. Elle n'eut pas le temps d'avoir mal qu'elle jouit à nouveau longuement.

Au petit matin, quand le contrôleur frappa à la porte pour annoncer l'arrivée en gare de Morzine, elle crut qu'elle ne pourrait jamais tenir debout, tant son corps était endolori. Endolori, mais heureux. Elle poussa un cri d'horreur en s'apercevant dans la glace. Des cernes lui mangeaient la figure jusqu'au milieu des joues, ses lèvres étaient enflées de trop de morsures et de baisers, ses cheveux emmêlés lui donnaient l'air d'une bacchante.

— Je ne peux pas sortir comme ça. J'ai l'air d'avoir fait...

— Oui, dirent-ils en chœur et en riant.

Elle haussa les épaules et tenta de se rendre présentable. Ses compagons n'avaient pas meilleure mine qu'elle. Quand elle fut habillée, ils l'attirèrent à eux.

— Tu ne regrettes pas ? C'était la première fois que ça nous arrivait de faire l'amour avec la même femme, ensemble.

— Moi aussi, c'est la première fois, dit-elle un peu gênée quand même.

Dominique lui releva la tête.

— Il ne faut surtout pas avoir honte. Nous avons eu le coup de foudre pour toi et toi pour nous et c'est merveilleux.

Elle donna à chacun d'eux de gros baisers sur les joues, comme on en donne aux copains qu'on aime bien, ou aux enfants.

— Oui, c'était merveilleux.

— Alors, tu restes ? dit Gérard.

— Non, ce n'est pas possible. Je vais louer un taxi jusqu'à Genève et ensuite j'attraperai le premier avion pour Paris.

Ils insistèrent mais comprirent que sa décision était prise.

— Surveillez le départ de maman et des enfants, je ne voudrais pas qu'ils me voient dans cet état.

Gérard fit le guet tandis que Dominique et Léone restaient blottis l'un contre l'autre en se tenant par la main. Léone sentait qu'elle pourrait s'attacher à ce garçon tendre, gentil, aux beaux yeux bleus, qui faisait si bien l'amour. Mais sa vie était déjà si pleine qu'il n'y avait pas de place pour une nouvelle histoire. Elle le regretta.

Gérard revint, il avait retenu un taxi et vu partir la famille dans un autre.

— Tu es sûre que tu ne veux pas que nous t'accompagnions jusqu'à Genève ?

— Non, ce n'est pas la peine, je n'aime pas les adieux.

Elle monta dans le taxi, se retourna pour leur faire un dernier signe de la main. Dominique courait derrière la voiture. Elle devina qu'il criait : « Ton nom, ton adresse. » Elle se détourna, sourit et s'installa confortablement. Il faisait chaud dans la voiture, le paysage couvert de neige était beau dans le petit matin, le chauffeur conduisait bien et ne parlait pas. Des images de la nuit revinrent à sa mémoire, lui procurant un frissonnant plaisir. Elle se sentait comme à l'aube des temps : sans péché. Elle dormit jusqu'à Genève, un sourire béat aux lèvres.

Lucette

ou
la belle crémière
de la rue Mouffetard

*Ma bouche à tes seins blancs comme des
petits-suisses
Fera l'honneur abject des suçons sans
venin.*

Apollinaire

— Elle est fraîche, elle est fraîche, elle est fraîche...
— Allez, mesdames, deux pour cinq francs, deux...
— Oh ! qu'il est beau, qu'il est beau...
— Tenez, ma petite dame, elle est belle comme vos joues, ma scarole.
— Qui veut mon beau colin ?... Regardez ces yeux... on dirait qu'il vient d'être pêché...
— Voilà une viande bien rouge pour redonner du nerf à votre amoureux, ma jolie.
— Regardez, monsieur, mon beau camembert, fait à cœur... moelleux et tendre...
— Pas si moelleux et si tendre que vous, m'amzelle Lucette, dit en entrant dans la crémerie le nain qui déambulait à travers le marché vendant des citrons par trois et lorgnant l'opulent corsage de celle qu'on appelait, de l'église Saint-Médard à la place de la Contrescarpe : la Belle Crémière.

Lucette était incontestablement la reine de la rue Mouffetard, son teint de crème, ses cheveux d'un blond mousseux, ses lèvres épaisses soigneusement peintes, toujours entrouvertes sur des dents de bébé, ou laissant, dans le rire, apercevoir une large langue humide et rose, des yeux très noirs soulignés d'un épais trait de khôl, un petit nez aux narines écartées, son cou court et rond appelant les morsures, ses bras gras, aux coudes ornés de fossettes, animés par des mains potelées aux ongles d'un rouge assorti à celui des lèvres, ses seins énormes entre lesquels un doigt eût été serré, et qui semblaient vouloir faire craquer les boutonnières de l'impeccable blouse blanche qui contenait mal une croupe rebondie lui composaient une fraîche et généreuse beauté. Portant le tout, deux jambes un peu lourdes mais solides et droites, aux pieds chaussés de sabots noirs qui claquaient gaiement et que, l'hiver, elle portait avec des chaussons de peau de mouton.

Sa seule présence dans la boutique rendait au plus triste camembert l'air de venir tout droit des fermes normandes, les œufs semblaient encore chauds du nid de la poule, les fromages de chèvre sentaient bon le cabri, quant au lait, on avait l'impression qu'il suffirait de pousser la porte de l'arrière-boutique pour se trouver dans une étable modèle où se tiendraient les meilleures vaches laitières dans l'attente de cette main aux ongles rouges qui les libérerait de leur lait. Les ménagères jugeaient à sa bonne mine de la qualité de ses produits. Elles n'avaient d'ailleurs pas tort, car Lucette se faisait un point d'honneur de maintenir la tradition de qualité qui avait fait la réputation de la crémerie du temps de ses grands-parents, puis de ses parents.

Le dimanche matin, les maris du quartier ne se faisaient jamais prier pour aller chercher le beurre ou le fromage oublié par leur épouse. Ils s'essayaient en compliments lourds et maladroits, mais Lucette avait la même devise que son beau-frère policier : « Jamais pendant le service. »

Elle chassa à coups de torchon Jeannot le nain.

— Ôte-toi de mes jambes, tu vois bien que tu me gênes.

Sautillant et ricanant, le nain quitta la boutique en faisant un geste obscène en direction de Lucette qui, éclatant de rire, fit mine de se trousser pour montrer son derrière.

— Oh ! la belle lune. Oh ! la belle lune, cria à tue-tête Jeannot en s'enfuyant par la rue de l'Arbalète.

— Ah ! çà, on ne s'ennuie pas chez vous, dit un gros et bel homme en habit de boucher, en franchissant d'un bond les trois marches qui séparaient le magasin de la rue.

— Eh non... Bonjour, monsieur Victor... c'est encore ce bougre de Jeannot.

— Je suis sûre, m'amzelle Lucette, que vous y avez mis du vôtre.

— Qu'allez-vous penser là, monsieur Victor ?

Elle minauda en prenant un air de petite fille prise en flagrant délit de jouer au docteur avec un petit garçon de son âge.

— Ne faites pas cette tête-là, vous mériteriez qu'on vous donne la fessée comme à une vilaine gamine.

— Allez, monsieur Victor, vous n'oseriez pas.

— Attendez un peu, vous allez voir.

Il se mit à la poursuivre à travers la boutique. Heureusement, à cette heure de la matinée, il y avait encore peu de monde. Elle ne réussit à échapper à Victor qu'en se réfugiant derrière la caisse, protégée par le large corps de sa mère dont les multiples doubles mentons s'agitèrent quand, à son tour, elle rit.

— Allons, les enfants, vous n'avez pas honte ?... Monsieur Victor, ce n'est plus de votre âge. Que va dire votre dame ?... Arrête, Lucette, tu me chatouilles... Veux-tu bien sortir de là.

Rouge et essoufflée, Lucette sortit de son abri après avoir fait promettre au beau Victor de se tenir tranquille.

— D'accord, je veux bien, mais, en échange, venez prendre un verre avec moi... Tout ça m'a donné soif.

Lucette regarda autour d'elle, vit qu'il n'y avait plus de clients et se tourna vers sa mère.

— Je vais boire un café, je n'en ai pas pour longtemps.

— Allez devant, monsieur Victor, je vous rejoins.

Elle passa dans l'arrière-boutique sous l'œil faussement indifférent des employés. Elle arrangea sa coiffure en se regardant dans la glace fendue accrochée au-dessus de l'évier, sortit de la poche de sa blouse son rouge à lèvres qu'elle promena sur sa bouche avec la précision que donne l'habitude, retira sa grande culotte de nylon rose qu'elle cacha derrière le cadre des portraits de ses grands-parents en costume de noce et sortit dans la boutique qu'aucune pratique n'encombrait.

— A tout de suite.

Elle franchit le seuil de la crémerie en balançant ses fortes hanches sur lesquelles la blouse blanche remontait, laissant apercevoir le creux des genoux.

La douceur de l'air de cette matinée de printemps l'emplit d'aise. Les fleurs de la fleuriste avaient des couleurs encore plus vives et plus gaies que les autres jours, une odeur sucrée de girofle et de vanille s'échappait de la minuscule boutique du marchand d'épices. En passant devant la poissonnerie, elle retrouva les relents d'algues, de marée et de vase que dégageait, quand la mer se retirait, le petit port breton où elle passait toutes ses vacances depuis sa petite enfance. De la droguerie s'échappaient les effluves mêlés des lessives, de l'eau de Javel et des savonnettes parfumées. Ce parfum fade, froid et un peu écœurant, c'était celui de la belle boucherie de Victor. A la caisse trônait la femme du boucher, grosse personne au chignon noir compliqué, à la peau d'un blanc mat rendue plus blanche encore par la couperose des joues, le rouge à lèvres grenat et le fard à paupières d'un bleu agressif qui n'arrivait cependant pas à éteindre le bleu presque mauve de ses prunelles, en conservation avec son amant, le boulanger. Lucette, sans s'arrêter, la salua d'un geste de la main.

— Bonjour, madame Germaine.

— Bonjour, mademoiselle Lucette. On se promène ?...

Lucette fit mine de ne pas entendre et pénétra chez le bougnat où l'attendait Victor, devant son premier « petit bordeaux » de la journée.

Le patron, un Auvergnat au béret vissé sur la tête, son éternel mégot éteint aux lèvres, le corps ceint d'un immense tablier bleu, s'approcha, chiffon à la main, de Lucette.

— Et pour toi, ma petite, un café comme d'habitude ?

— Non, père Bernard, aujourd'hui, j'ai envie de changer. Je boirais bien un petit vin blanc pas trop sec.

— C'est une bonne idée, je viens juste de recevoir un

petit vin de Loire, ni trop sec, ni trop sucré, dont tu me diras des nouvelles.

Le vin de Touraine se révéla si gouleyant que Lucette but un deuxième verre avec un plaisir gourmand qui lui fit retrousser les narines et briller un peu plus les yeux.

— Quand vous faites cette mine-là, m'amzelle Lucette, je ne sais pas ce qui me retient de vous sauter dessus.

— Voulez-vous bien vous taire, monsieur Victor.

Lucette se renfonça dans la banquette de moleskine rouge usée et rapiécée par endroits, que le père Bernard, à la veille de prendre sa retraite dans son Auvergne natale, se refusait depuis dix ans à changer sous prétexte que ce ne serait peut-être pas au goût de son successeur. Son mouvement remonta encore la blouse blanche dont le dernier bouton était détaché, laissant apercevoir au-dessus du bas un morceau de cuisse si gras, si blanc que la main de Victor s'en empara sans même y penser. Les cuisses s'écartèrent et ses doigts se mêlèrent aux broussailles du sexe entrouvert. Elle repoussa mollement cette main large et forte, aux phalanges ornées de longs poils noirs et aux ongles entourés de sang caillé. Il poussa un grognement.

— Petite salope !

— Voyons, monsieur Victor, vous êtes fou, pas ici.

— Où veux-tu alors ? J'en peux plus moi. Ça fait une semaine que tu me lanternes. D'habitude, c'est toi qui en réclames.

— Vous fâchez pas, monsieur Victor, j'avais mes anglais.

— Et alors ? Ce serait pas la première fois. Je m'souviens qu'un jour j'avais tout l'air...

— Oh ! taisez-vous, murmura-t-elle, rougissant jusqu'aux épaules, en fermant de sa main dodue la bouche aux lèvres rouges de monsieur Victor.

Il regarda sa montre :

— Bon Dieu. Il faut que je m'en aille, la boutique doit être pleine de monde, la patronne va encore râler. Alors, qu'est-ce que tu décides ?

— Je viendrai après le déjeuner, vers deux heures, dans votre remise.

— On pourrait trouver un coin plus confortable et plus agréable, tu sais ! Je ne comprends pas ce qui te plaît dans cet endroit encombré de vieux billots, de bassines pleines d'os et de déchets, de chiffons.

— Peut-être, mais j'aime bien ton coin.

Il paya les consommations, serra la main du père Bernard et, prenant Lucette par le coude, la regarda d'un air rêveur et tendre.

— C'que tu peux être vicieuse tout de même... Je compte sur toi, à tout à l'heure...

En ce chaud début d'après-midi, la rue Mouffetard, si animée à d'autres heures, semblait plongée dans une sieste profonde. Toutes les boutiques, à l'exception du bougnat et du marchand de tabac étaient fermées. Des bâches d'un vert passé recouvraient les fruits de la mère Tétard, des filets protégeaient d'éventuels voleurs la marchandise du droguiste, les étalages roulants des charcuteries, des boucheries, du poissonnier étaient tirés à l'intérieur des boutiques. La rue en paraissait élargie. De rares passants faisaient ressortir le vide et le silence de la rue. Deux heures sonnèrent au clocher de Saint-Médard.

Lucette sortit d'une petite porte peinte en vert foncé conduisant aux étages de l'immeuble dont la crémerie occupait le rez-de-chaussée. Elle avait troqué sa blouse de fonction contre une courte robe fleurie. Les couleurs un peu vives du tissu s'accordaient avec la blondeur de cette belle fille qui personnifiait si bien le printemps parisien dans toute sa gouaille joyeuse.

Les maçons d'un chantier voisin, descendant la rue avec leur sandwich à la main, la sifflèrent en tentant avec de gros rires de lui barrer le chemin. Le rire clair de Lucette répondit au leur tandis qu'elle disparaissait sous la voûte humide menant à la remise du boucher. Elle traversa une cour

58

encombrée de poubelles sur les couvercles desquelles cinq ou six chats tenaient conférence. Ils se redressèrent en entendant le claquement des talons de Lucette, certains firent mine de s'enfuir, puis renoncèrent autant par paresse que par manque de peur. L'un d'eux, plus hardi, vint même se frotter contre ses jambes. Elle se pencha pour lui gratter la tête, ce dont il la remercia par un ronronnement si puissant qu'il brisa le silence de la courette. A l'entrée d'un deuxième couloir, elle frissonna tant l'haleine humide et glacée qui s'échappait de la basse ouverture évoquait « la paille humide des cachots » des romans-feuilletons chers à sa grand-mère, et dans lesquels elle avait, pour ainsi dire, appris à lire. Elle marcha avec précaution dans le couloir sombre aux dalles disjointes et grasses pour déboucher dans la cour principale incurvée vers le milieu où un trou d'égout recevait les eaux rougies de la boucherie. Elle enjamba la rigole où coulait un liquide immonde bordé d'une mousse rosâtre. Elle frappa trois petits coups avec le heurtoir de bronze à une très belle et très ancienne porte de bois sombre renforcée par d'énormes clous qu'aucune rouille ne paraissait pouvoir attaquer, qui s'ouvrit aussitôt, sans le moindre grincement. Lucette s'engouffra prestement par la porte entrouverte qui se referma sur elle.

— Enfin toi !

Des bras vigoureux se refermèrent sur Lucette qui, surprise et endolorie par la brutalité de l'étreinte, poussa un cri.

— Arrête, tu es fou !... tu me fais mal !...

Victor, sans tenir compte des protestations de Lucette, enfonçait sa bouche sentant la viande grillée et le vin dans son cou, puis entre ses seins qu'il palpait comme il devait palper un bœuf pour apprécier la qualité de la bête. Un jour, d'ailleurs, voulant complimenter Lucette sur la beauté et la douceur de sa peau, il lui avait dit au plus fort de leur étreinte amoureuse :

— Ah ! quelle belle viande !...

Au lieu d'agacer Lucette, cela l'avait considérablement excitée. C'est elle qui insistait pour qu'il ne lave pas le sang de ses mains avant de la caresser. Une fois, elle avait failli devenir folle de plaisir quand, pressé par le temps, il l'avait bousculée sur le billot de la boucherie sans même prendre la peine d'écarter la viande sur laquelle il était en train de travailler et, lui relevant les jambes à hauteur des épaules, l'avait besognée avec une force qui faisait trembler la lourde table. Elle avait éprouvé, au contact de cette chair morte d'où montait une odeur fade et à celle vivante, chaude, de l'homme sur laquelle roulaient des gouttes d'une sueur âcre et salée, une volupté jamais atteinte. Depuis, quand elle croisait des bouchers, aux vêtements, aux mains et quelquefois au visage poisseux de sang, portant d'énormes quartiers de viande saignante, elle éprouvait un orgasme rapide qui lui laissait les jambes molles.

Au début de leur liaison, Victor s'était amusé de ce qu'il appelait « ses lubies ». Maintenant, quelquefois, cela lui donnait envie de l'envoyer « se faire voir ailleurs ». Mais il revenait toujours à de plus aimables sentiments : Lucette avait un cul et des seins comme il les aimait. Du plus loin qu'il se souvenait, il n'en avait jamais vu d'aussi gros ni d'aussi fermes en même temps. Imaginez des tétons aux pointes d'un rose si tendre qu'on aurait dit du veau, et se dressant à la moindre caresse, débordant largement des deux mains réunies, et quelles mains ! des mains de boucher, au sillon si confortable que plus d'une fois il y avait glissé son sexe. Quant au cul !... ah ! ce cul !... il aurait fallu que le boucher fût poète pour lui rendre un hommage digne de son opulence, de sa douceur, de sa fermeté, de sa blancheur, de son parfum. Le cul de Lucette sentait la crème fraîche, la paille de la litière, le foin dans la mangeoire. Charme supplémentaire, le moindre coup, si léger fût-il, y laissait une trace émouvante. Et c'est souvent que Lucette, par jeu ou par punition, recevait de son amant des fessées ou des fouettées avec la large ceinture de son pantalon qui faisaient passer ses fesses du rose le plus tendre au rouge le plus vif.

Il l'entraîna dans un coin mal éclairé de la remise où étaient posés de vieux matelas et des coussins recouverts de tissus indiens. Sur les murs humides, des gravures aux couleurs violentes représentaient des divinités hindoues. Dans la terre d'un pot de fleurs veuf de sa plante, brûlaient des bâtonnets d'encens. C'est dans cet endroit que Victor se réfugiait pour échapper aux criailleries de sa femme et lire à la lueur de bougies des ouvrages sur l'Orient. Le désir profond de cet homme était d'aller en Inde. Il avait lu d'innombrables ouvrages sur ce pays, ses mœurs, ses coutumes, ses religions. Il pouvait citer sans erreur les noms de provinces et de villes : Ahménabad, Madura, Yanaon, Lucknow, Katmandou, Assam, Madras ou Pondichéry. Il vouait à la mémoire de Ghandi un immense respect. Il sentait bien ce qu'il y avait d'incongru de la part d'un boucher dans cet amour pour un pays qui l'eût, du fait de sa profession, rejeté dans la classe des intouchables. Mais il refusait de s'arrêter à ce qu'il appelait des détails. Sa femme et ses amis s'étaient tellement moqués de sa « manie » que, peu à peu, il avait tu ses désirs de voyages et cessé de commenter ses lectures. Il avait mis longtemps avant d'oser en parler à Lucette. A sa surprise et à son grand plaisir, elle l'écouta avec une attention passionnée, l'étourdit de questions, lut les livres qu'il lui conseilla et rêva avec lui de ce pays lointain. Ils s'inscrivirent à des cours du soir pour apprendre l'anglais afin de se débrouiller dans ce pays aux langues et aux dialectes multiples. Portés par leur rêve, ils faisaient de rapides progrès. Tous les deux, à l'insu de leur entourage, mettaient de l'argent de côté en vue du grand voyage. Car Victor avait été si convaincant que Lucette avait fait sien le rêve de son amant. Le moment venu, ils se faisaient fort de convaincre leurs familles respectives d'accepter leur départ.

Depuis la dernière visite de Lucette, le boucher avait apporté un élément nouveau à la décoration de son refuge : il avait tendu au-dessus de sa couche un large tissu indien fixé aux poutres de la remise par des clous et retombant en plis lourds autour de l'espace délimité. Le confort de l'endroit était encore accentué par un vieux tapis chinois acheté au brocanteur installé près de la place de la Contrescarpe.

Quand il écarta le rideau ainsi formé et qu'il découvrit à

Lucette le charme et le côté tente de nomades du désert de
« leur » coin, elle battit des mains comme une enfant et se jeta
dans ses bras pour le remercier.

La lueur des bougies faisait ressortir le rose des tissus. Pour
fêter ces transformations, le boucher avait disposé sur un
plateau, lui aussi indien, une bouteille de champagne et deux
verres. Ils burent lentement, avec sérieux, en se regardant
dans les yeux. L'odeur entêtante du jasmin les enveloppait,
ayant réussi à faire disparaître l'habituelle odeur écœurante
de la remise.

Victor déshabilla sa maîtresse avec une lenteur dont il
n'était pas coutumier. Quand enfin elle lui apparut, si grasse,
si blanche, éclairée par la flamme dansante des bougies, il
resta accroupi à ses pieds comme en adoration. Elle ébour-
riffa d'un geste taquin sa sombre chevelure.

— Déshabille-moi, toi aussi.

Elle se révéla moins compétente et plus impatiente que lui.
Quand il fut nu, sexe dressé, elle se recula comme pour mieux
le contempler. Une fois de plus, elle admira ses larges épaules
et son torse recouverts d'une épaisse toison noire, ses cuisses
de lutteur japonais et ses mains impressionnantes par leur
taille et leur force. Tels qu'ils étaient tous les deux, l'un en
face de l'autre, ils formaient un couple d'une formidable
beauté faite d'opulence et de muscles.

Il la poussa sur les coussins, lui flatta les flancs comme il
l'aurait fait à un bel animal et la pénétra sans plus de démons-
trations de tendresse.

— Comme tu es pressé...

— J'ai tellement envie de baiser...

Il lui fit pourtant l'amour avec une douceur inattendue
chez un tel colosse, attentif à son plaisir. Il fut récompensé par
les cris et les soupirs que poussa la belle crémière. Satisfait, il
jouit en grognant.

Ils restèrent un long moment sans bouger, silencieux, allongés l'un contre l'autre comme des gisants. Il se souleva le
premier pour allumer une cigarette et enfoncer une cassette

dans un vieux magnétophone à piles. La musique indienne envahit leur « chambre ». Ils restèrent encore un long moment sans parler, lointains mais proches puisqu'ils rêvaient à la même chose. Il dit :

— Je suis allé dans une agence de voyages, j'ai tous les renseignements, tous les prix. Si mes calculs sont exacts, nous pourrons partir bientôt pour cinq ou six mois.

Lucette se redressa sur les coudes, les yeux brillants, les joues rouges, un merveilleux air de bonheur la rendait ravissante.

— Non ? Tu es sûr ?...

— Tout à fait. J'ai prévenu Germaine que je prenais de longues vacances et j'ai trouvé un bon boucher pour me remplacer. Commence à préparer ta mère et ta valise.

Elle posa sa tête sur l'épaule confortable de son amant, les yeux soudain emplis de larmes. Il la força en la tirant par les cheveux à relever la tête.

— Grosse bête, vas-tu finir, sinon moi aussi je vais me mettre à chialer.

Il disait vrai le beau monsieur Victor, l'homme le plus fort du quartier, en s'essuyant le nez et les yeux avec un pan de rideau.

Ils étaient comme deux enfants, bouleversés par le cadeau d'un jouet longuement convoité : ils avaient du mal à y croire.

La cassette s'arrêta, les ramenant brutalement à la réalité.

— Ce que ça va me paraître long d'attendre, dit Lucette en commençant à se rhabiller.

— Oui, mais tu verras, après...

— Victor, t'as pas bientôt fini de rêvasser... C'est l'heure d'ouvrir le magasin...

La voix lointaine de la tolérante madame Germaine les arrachait à leur songe mais non à leur joie. Ils se séparèrent heureux.

Dans la rue Mouffetard qui avait retrouvé une partie de son animation du matin, une jolie fille, grasse et blonde, répondait machinalement aux bonjours des gens du quartier, loin de ce coin de Paris que pourtant elle aimait et que, déjà, elle ne voyait plus.

Laura

ou
le chantier
de la rue de Chazelles

Tu sais la joie singulière qu'il peut y avoir à donner à un homme la femme que l'on aime.

Joë Bousquet

Tout au long de la soirée, Laura a senti son amant irrité, distrait, tendu. Elle n'a pas osé lui demander les raisons de son attitude. Elle essaie de se souvenir de la bêtise qu'elle a pu dire, de la gaffe qu'elle a pu commettre, elle ne trouve rien. La soirée avait pourtant si bien commencé.

Ils avaient dîné à Bougival dans un restaurant qu'ils aimaient l'un et l'autre : lui pour l'excellente cuisine, et surtout les innombrables desserts, elle pour le décor et les hortensias bleus des beaux soirs d'été. Ils avaient bu du champagne rosé parce que c'était celui qu'elle préférait, bercés par le murmure des jets d'eau dont le bruit rafraîchissant leur faisait oublier la canicule de cette journée d'août.

Au début, ils se parlèrent peu. Au deuxième verre de champagne, il demanda à Laura comment elle avait occupé sa journée :

— Le matin à la piscine Deligny et l'après-midi dans un cinéma climatisé des Champs-Élysées.

Il sourit en approuvant au mot « climatisé ».

— Et lui, qu'avait-il fait ?

Il était passé à la galerie qui préparait une exposition de ses toiles pour la rentrée. Il était important pour lui que tout soit bien fait, car c'était sa première grande exposition à Paris. Il espérait rencontrer le même succès qu'à Londres, Munich et New York. Ensuite, il avait été faire un tour au Louvre pour prendre, disait-il, une leçon d'humilité.

— Lui avait-elle été profitable ?

— Mon Dieu, non !

Ils éclatèrent de rire. Il était si convaincu de son talent, qu'il supportait difficilement la critique.

Sous la table, il avait pris ses jambes entre les siennes. Cela la gênait un peu, mais elle aimait se sentir prisonnière de lui, entravée par lui dans ses mouvements. Ils étaient amants depuis déjà trois ans, se voyaient presque tous les jours, mais ne vivaient pas ensemble. Cela attristait parfois Laura qui, comme la plupart des femmes, voulait avoir son homme à elle et bien à elle.

C'est avec lui que, à plus de vingt-cinq ans, elle avait découvert le plaisir, avec étonnement et reconnaissance. Elle n'imaginait pas qu'un autre homme puisse lui donner un plaisir analogue. Aussi, outre qu'elle l'aimait, lui était-elle fidèle.

Elle y avait quelque mérite. Non seulement on lui faisait la cour, mais son amant lui faisait remarquer les regards sans équivoque des hommes qu'ils rencontraient ensemble.

— Regardez, un tel, n'est-il pas séduisant, il vous dévore des yeux, je suis sûr qu'il vous ferait très bien l'amour...

Ou, si elle était assise sur le tabouret d'un bar :

— Relevez un peu votre jupe, vous ne remarquez pas le malheureux là-bas qui va attraper un torticolis à essayer de voir vos cuisses. Soyez charitable.

Obéissante et rieuse, elle relevait sa jupe.

Ou encore quand, dans une boîte à la mode, un inconnu l'invitait à danser, non seulement il la forçait à accepter, mais à son retour, il lui posait des questions du genre :

— Vous l'avez fait bander ? Ne dites pas non, voyez sa tête.

— Il vous a mis la main aux fesses, vous avez l'air troublée.

Rouge de honte, elle lui disait de se taire, qu'il était vulgaire, qu'il ne l'aimait pas pour se conduire de cette manière, que, s'il continuait, elle allait partir.

— Vous n'en ferez rien, vous aimez qu'on vous parle ainsi.

C'était vrai, elle éprouvait une étrange sensation de mollesse quand il lui faisait remarquer le regard des autres hommes sur elle ou quand, sous ses yeux, elle dansait dans les bras d'un autre.

Un jour, excédée, elle lui avait dit :

— Allez-vous cesser à la fin, on dirait que vous voulez que je vous trompe ?

— Tout de suite de grands mots, qu'allez-vous chercher ? Où serait la tromperie si vous faisiez l'amour avec un autre homme avec mon assentiment et en ma présence ?

— En votre présence...

Devant son air ahuri, il éclata de rire.

— Parlons d'autre chose, vous n'êtes encore qu'une enfant.

Ils parlèrent d'autre chose. Mais très souvent par la suite, Laura pensa à cette conversation, ressentant un trouble qu'elle jugea pervers. Un jour, cependant, elle remit la conversation sur le sujet.

— Est-ce vrai que cela vous serait égal de me voir faire l'amour avec un autre homme ?

Il la regarda, amusé.

— Je n'ai pas dit cela. D'ailleurs, vous verrez bien.

Un poids très lourd tomba sur ses épaules. Elle aurait voulu lui poser des questions, « où ? quand ? comment ? pourquoi ? ». Au lieu de ça elle restait clouée sur sa chaise, éprouvant une sensation de chaleur intense qui lui partait de la taille et lui envahissait peu à peu la poitrine, les épaules, le cou et le visage.

— Ne rougissez pas ainsi, vous êtes encore plus excitante.

Elle eut une moue agacée.

— Ne continuez pas, sinon, je vous y emmène tout de suite.

Elle se recroquevilla sur sa chaise. Ses seins, devenus soudain lourds, lui firent mal.

Une autre fois, avec un de ses amis, peintre américain de passage à Paris, il parla d'un lieu de rendez-vous, en bordure de la route près de Versailles, qui était fréquenté par des écrivains, des journalistes, des comédiens et des gens du monde qui venaient là avec des compagnes, femmes ou maîtresses, plus rarement des prostituées, qu'ils prêtaient volontiers à ceux qui le désiraient.

— Elles sont d'accord ? dit faiblement Laura.

— Évidemment, dit l'ami américain en haussant les épaules. Il ajouta :

— Tu devrais y emmener Laura, cela la dégourdirait.

— J'y pense, dit son amant en lui entourant les épaules de son bras.

Elle éprouva une haine subite pour le balourd. Très vite, les deux hommes se mirent à parler de ce qui les intéressait le plus : leur peinture. Ils rentrèrent tôt. Ce soir-là, il lui fit l'amour avec brutalité, avec méchanceté lui sembla-t-il.

Ils sont revenus de Bougival en passant par le bois de Boulogne, où la longue procession des voitures aux passagers en quête d'aventures amoureuses a provoqué de la part de Laura des sarcasmes...

— Taisez-vous, vous ne savez pas de quoi vous parlez.

Il a dit cela si sèchement qu'elle n'a rien à répondre. Sur un ton radouci, il lui a proposé d'aller prendre un verre dans un bar frais et tranquille de la porte Champerret. Ils y ont bu du champagne, beaucoup de champagne.

— Venez, allons faire un tour, c'est sinistre ici.

Ils prennent la voiture et roulent doucement. Ils passent devant le parc Monceau et se garent rue de Chazelles.

— Qu'y a-t-il ici ? Où allons-nous ?

Il fait le tour de la voiture et lui ouvre la portière :

— Descendez.

Elle descend et regarde autour d'elle. C'est une rue bien tranquille aux immeubles bourgeois dont un n'est pas encore terminé, sa façade moderne contraste avec le côté chantourné des autres. Il lui prend le bras et ils font quelques pas dans la rue. Il lui montre une petite porte de modeste apparence où entrent des couples tandis que d'autres en ressortent. Elle devine où il l'emmène et s'arrête.

— Je ne veux pas.

Il s'arrête à son tour, se retourne. Ses yeux sont devenus très clairs, et le ton de sa voix se charge d'autorité.

— Ne faites pas la mijaurée. Vous savez très bien que vous en avez envie.

Elle sait qu'il a raison, mais elle se ferait plutôt tuer que de l'avouer.

— Très bien, allons-y si cela vous amuse.

Elle pénètre dans l'étroit couloir. Maintenant, c'est lui qui la suit. Les hommes se retournent sur cette jolie fille. Elle reconnaît l'un d'eux :

— Bonjour, ça va ?

L'autre détourne la tête d'un air gêné, sans répondre à son salut. Derrière elle son amant éclate de rire.

— Il ne faut pas avoir l'air de reconnaître les gens dans ce genre d'endroit.

Elle lui dit que ça lui est bien égal, qu'elle se moque des règles de ces pauvres mecs, même pas capables d'assumer leurs phantasmes minables.

— Calmez-vous, vous avez l'air d'un chat en colère.

Pendant qu'il discute avec la grosse matrone qui semble être la directrice des lieux, elle s'assied dans un coin d'une pièce mal éclairée au papier fleuri passé et portant des traces d'humidité par endroits. Aux murs, de tristes miroirs aux glaces piquées et aux cadres ternis, une mauvaise reproduction du « Verrou tiré » d'après Fragonard, un nu d'un rose agressif comme on en voit sur le trottoir du boulevard Sébastopol, une tapisserie aux couleurs vulgaires représentant une scène de chasse, probablement exécutée par la gracieuse dame de l'accueil et, au-dessus d'une porte, la trace laissée par un crucifix, du temps, sans doute, où la maison ne servait pas de lieu de rendez-vous. Cela fait sourire Laura. Des fauteuils inconfortables et disparates sont disposés sans élégance. Ils sont presque tous occupés par des hommes et des femmes silencieux et gênés, rendus tristes et gris par la sinistre lumière qui tombe d'un plafonnier poussiéreux.

— C'est ça l'antichambre de toutes les débauches. On se croirait dans le salon d'un dentiste de province. Mais chez lui, il y a au moins des revues à feuilleter pour passer le temps, pense Laura plus du tout troublée.

Son amant vient la chercher. Ils suivent une femme de chambre qui monte l'escalier devant eux. Dans les couloirs, ils croisent des gens plus ou moins dévêtus. Laura remarque que les femmes sont plutôt belles et les hommes quelconques.

La femme de chambre les laisse dans une sorte de vestiaire aux murs duquel sont fixées des patères sur lesquelles sont accrochés des vêtements. Sur le sol, des chaussures sont éparpillées. A côté d'eux, un homme encore jeune se déshabille fébrilement. Laura remarque qu'il met ses chaussettes dans ses chaussures.

— On se croirait dans le vestiaire d'une équipe de football, dit-elle sarcastique.

Son amant déjà dévêtu la serre contre lui.

— Déshabillez-vous.

Elle veut enlever son porte-jarretelles de dentelle blanche et ses bas. Il l'en dissuade, disant qu'elle est plus belle ainsi. Il la prend dans ses bras, l'embrasse tendrement, lui murmurant qu'il l'aime. Il fait très chaud, et, pourtant, elle tremble de froid. Il l'entraîne vers une grande pièce, meublée seulement d'un immense lit bas, sur lequel plusieurs couples font l'amour, entourés d'hommes et de femmes nus, parlant, buvant tout en se caressant. Laura a un mouvement de recul. Son amant la pousse et la fait basculer sur le lit. De peur d'être laissée seule, livrée aux mains de ces inconnus, elle entraîne son amant avec elle. Il l'embrasse longuement sur les lèvres, s'allonge sur elle et la pénètre.

— Petite menteuse, je savais bien que vous aviez envie d'aller dans ce genre d'endroit.

Elle se sent rougir et cache son visage contre son épaule en fermant les yeux très fort.

Son amant se retire d'elle, elle essaie de le retenir mais c'est un autre corps qui prend sa place, elle tente de se dégager mais son amant est là, tout près d'elle qui l'embrasse :

— Je suis là, mon amour, je suis là.

Combien d'hommes lui firent l'amour, Laura ne le sut jamais, elle se souvint seulement du gémissement continu qui sortait de ses lèvres, de quelques mots :

— Magnifique.

— Quelle amoureuse, bravo, mon cher.

— Quelle chute de reins, dit un homme, en la retournant pendant qu'un autre lui mordillait les seins.

Plus le temps passe, plus elle a l'impression que son corps devient une masse compacte de plaisir. La voix de son amant lui parvient de plus en plus lointaine. A un moment, elle se sent soulevée et plongée dans une eau parfumée.

Aidé de deux jeunes femmes, son amant la sèche, puis la rhabille.

D'une petite voix, elle demande à boire. Elle boit coup sur coup trois verres de champagne, cela lui fait reprendre conscience. Elle regarde autour d'elle.

Une femme s'approche d'elle et l'embrasse.

— Tu es merveilleuse.

Elle sort, soutenue par son amant.

Devant le chantier, il l'embrasse avec passion. Elle ne lui rend pas son baiser.

— Vous m'en voulez ?

— Baisez-moi.

— Ici ? Maintenant ?

— Oui.

Il l'entraîne sur le chantier. Par endroits, la terre est meuble, il l'allonge doucement, relève sa jupe. Elle est nue, ayant laissé ses dessous aux mains de ses amants d'un moment. Il lui embrasse l'intérieur des cuisses, lui lèche doucement le sexe.

— Viens.

Il la prend doucement.

— Plus fort... plus fort...

Il accélère son mouvement.

— Plus fort, plus fort...

Il a l'impression de lui traverser le corps.

— Plus fort... ah...

Elle se cabre dans le plaisir, il a du mal à la maintenir sous lui. Elle pousse un long cri qu'il étouffe de sa bouche tandis qu'il s'effondre sur elle en gémissant.

Quand ils se relèvent, la fine poussière grisâtre du chantier les recouvre. Ils rentrent doucement à travers Paris endormi, heureux.

A dater de ce jour, le comportement de Laura changea : elle avait cru que seul son amant pouvait lui donner du plaisir, la nuit de la rue de Chazelles lui démontra qu'il n'en était rien. Bien sûr, elle l'aime toujours, mais maintenant elle regarde les autres hommes avec intérêt, et gourmandise. Elle a pris, vis-à-vis de lui, une autonomie plus grande, n'accepte plus de se laisser guider comme autrefois. Cela agace quelquefois son amant.

Lise

ou
une nuit d'hiver à Montmartre

Parfois je revêts ta robe
Et j'ai tes seins et j'ai ton ventre.

Paul Eluard

Lise fait partie de ces rares femmes qui aiment se promener seules, la nuit, dans les rues de Paris.

Ce qui semble d'une grande banalité pour un homme ne l'est jamais quand il s'agit d'une femme, surtout si elle est jeune et jolie. Tout de suite, sa présence, à la nuit tombée, paraît louche aux passants. Si elle est dans un quartier de prostitution, c'est évidemment une pute, si c'est ailleurs, c'est une pute aussi, mais qui drague pour le plaisir. Entre les deux, rien. Il ne vient à l'esprit de personne, ni homme, ni femme, de penser qu'elle puisse être là comme ça, pour baguenauder, prendre l'air de Paris, s'amuser à regarder autour d'elle, flâner, quoi.

Une femme seule qui flâne, c'est suspect, surtout si, comme Lise, elle répond aux sourires, aux propos lestes et a visiblement l'air de se moquer du monde. Ce soir-là, ce n'est pourtant ni une heure, ni un temps à mettre un chat dehors, à plus forte raison une jolie fille. Il fait froid, la neige de l'après-midi a laissé sur le sol une bouillie innommable. Peu de monde dans le quartier de Pigalle.

Lise a pris un verre dans un bar de la rue Frochot, non sans mal, car la patronne s'obstinait à lui dire qu'on ne servait pas les dames seules. Devant l'air moqueur de Lise regardant toutes les filles court vêtues et largement décolletées qui attendaient l'éventuel client, elle lui avait servi de mauvaise grâce un mauvais porto.

Peu à peu le vin douceâtre réchauffa Lise qui entrouvrit son manteau. Elle était moulée dans une robe de cachemire noir largement fendue sur un côté mais fermée jusqu'au menton. Elle s'était assise au bar, découvrant de longues jambes gainées de bas gris fumé à couture. Ses hauts escarpins de daim noir étaient maculés de boue. Elle releva la jambe pour frotter de son doigt mouillé une tache sur son bas. Son mouvement révéla une jarretelle noire. Cela fit sourire les filles ; il y avait belle lurette qu'elles avaient relégué ce harnachement au rang des accessoires ; c'était bon pour les fétichistes. Quant à elles, elles ne portaient que des collants, c'était plus commode et puis, on est moderne ou on ne l'est pas.

Lise alluma une cigarette non pour se donner une attitude, mais parce qu'elle était bien. Elle tendit le paquet à la fille assise à côté d'elle, qui accepta. Elles se replongèrent l'une et l'autre dans leur rêverie. Pas un homme n'avait encore franchi le seuil de la porte.

— Ce ne sera pas une bonne soirée, dit la patronne.

— Sûr qu'on va s'emmerder, dit la voisine de Lise en la regardant.

— Vous êtes là jusqu'à quelle heure ?

— Oh ! cela dépend, trois heures, quatre heures. En ce moment je fais la nuit. Mais les clients sont rares. C'est bientôt les fêtes.

Lise sourit ; c'est exactement ce que lui avait dit le chauffeur de taxi qui l'avait déposée place Pigalle.

— Vous voulez boire quelque chose ? dit Lise.

La fille commanda une coupe de champagne, Lise prit un deuxième porto.

Elle regarda la fille qui était jeune et jolie. Elle avait visiblement du sang noir et cela lui donnait un teint chaud, mis en valeur par une mini-robe de dentelle de laine d'un rose violent, presque phosphorescent, s'arrêtant au ras des fesses et découvrant des seins si ronds, si hauts, qu'ils n'avaient pas l'air vrai.

— Tchin-tchin, dit-elle en levant son verre, je m'appelle Pinda, je suis née à Cuba. Et vous ?

— Lise, je suis née à Paris.

Ces présentations faites, elles s'absorbèrent dans la contemplation des bouteilles du bar...

C'est Pinda qui tenta de reprendre la conversation :

— Vous attendez quelqu'un ?... Ce n'est pas souvent qu'on voit une femme comme vous ici... Vous voulez une fille ?... Moi j'aime bien faire l'amour avec une autre fille, c'est plus doux... A moins que vous ne préfériez faire une partouze, j'ai un ami, un Cubain comme moi, qui a un sexe... On vous fera un prix... mignonne comme vous êtes... Vous préférez peut-être voir un spectacle cochon ?... le portier a des tas d'adresses pour tous les goûts... Vous êtes peut-être maso... vous aimez vous faire battre ?... Non, vous n'avez pas une tête à ça... J'y suis, vous aimez les chiens. Rien de plus facile, Aldo a un magnifique dobermann spécialement dressé pour ça. Il a une bonne clientèle, il paraît qu'une fois qu'on a essayé on ne peut plus s'en passer... Non ?... Remarquez, moi non plus, ce n'est pas que ça me dégoûte, mais j'ai peur des chiens, surtout des gros... Je ne vois plus... Mais, qu'est-ce que vous voulez ?

— Rien.

Pinda la regarda avec méfiance, cette fille-là n'était pas normale. Est-ce qu'on vient un soir d'hiver à ne mettre un chrétien dehors, seule, dans une boîte de putes si on ne cherche rien ?

— Vous n'êtes pas journaliste, au moins ?

Lise secoua négativement la tête en riant et se leva en demandant où se trouvaient les toilettes. Quand elle ressortit, Pinda se recoiffait devant le lavabo. Elle se retourna et effleura les lèvres de Lise de sa langue rose et pointue.

— Tu es belle, tu es sûre que tu ne veux pas ?

Lise à son tour baisa les lèvres de Pinda, celle-ci lui rendit son baiser en lui caressant les seins.

Quand elles sortirent, les filles, devant le juke-box, s'étaient mises à danser pour passer le temps, tendrement enlacées, se tenant par la taille ou par le cou, écrasant leurs seins remontés par des soutiens-gorge à balconnets à ceux de leur cavalière, se trémoussant sur leurs talons démesurés qui leur cambraient la taille et les mollets. Pinda et Lise se joi-

gnirent à elles. Les filles s'amusèrent à frôler Lise qui se prê-
tait avec complaisance à leur manège. Jalouse, Pinda l'attira
contre elle, frottant son corps au sien dans un déhanchement
auquel aucun homme n'eût pu résister. Elles dansèrent ainsi
deux ou trois danses d'une manière tellement lascive que la
patronne les rappela à l'ordre :
— Un peu de tenue, mesdames.
Cela provoqua des fous rires enfantins. Comme ces filles
avaient l'air tout à coup heureuses entre elles. Il y avait de la
collégienne dans leurs rires. En fait, elles étaient en récréation. Les hommes, les clients, n'étaient pas là pour leur rap-
peler que leur corps est à vendre et doit se plier à leurs plus
exigeants caprices. Lise percevait tout cela et se prenait à se
sentir l'une d'elles. C'était d'ailleurs un de ses vieux phantasmes : se prostituer. Ce n'est pas très rare, ni très original,
beaucoup de femmes rêvent la même chose. Lise se doutait
bien de tout ce que ce désir avait de littéraire et que la réalité
devait être le plus souvent sordide. Néanmoins elle se dit
qu'elle aimerait bien essayer au moins une fois. Mais à qui en
parler ? Jamais elle n'oserait avouer cela à son amant et
encore moins à une fille comme Pinda.

Trois hommes venaient de pousser la porte du bar. Une
fille les aida à retirer leurs manteaux. Ils avaient de bonnes
têtes de provinciaux montés à Paris pour un congrès ou un salon. Sur un geste de la patronne, trois filles s'arrêtèrent de danser
et allèrent vers les hommes, les seins tendus, la croupe mouvante. Elles s'assirent auprès d'eux, riantes, aguichantes.
Un homme, puis un autre entrèrent à leur tour. L'ambiance
de la salle changea, les filles aussi. Fini de rigoler, au boulot.
Lise sentit ce changement d'atmosphère et se dirigea vers le
bar, régla les consommations à la patronne, prit des mains de
Pinda son manteau.
— Tu reviendras ? dit la fille en l'embrassant.

Le temps s'était considérablement adouci. Lise avait faim.
Elle se dit que quelques fruits de mer arrosés d'un vin

blanc bien sec comme elle l'aimait seraient les bienvenus. Elle se dirigea vers la place Clichy, s'arrêtant de temps en temps pour regarder les photos exposées devant les boîtes de strip-tease. Des portiers galonnés, au regard salace, lui firent l'article. Mais Lise connaissait ce genre d'endroit. Une nuit qu'elle était seule, elle s'était amusée à faire presque toutes les boîtes du boulevard. Au bout de trois ou quatre elle avait compris : c'étaient presque toujours les mêmes filles qui passaient d'une boîte à l'autre à dix ou vingt minutes d'intervalle. Cela l'avait amusée, puis attristée, elle se faisait une autre idée de ce « noble art ». Certes, ce n'était pas ici que le célèbre patron du Crazy Horse Saloon viendrait chercher ses vedettes. Avant d'arriver chez Charlot, le vrai, pas l'autre, elle fut accostée une bonne dizaine de fois. On lui fit les propositions les plus diverses dont la plus courante fut :

— Tu viens me faire une pipe ?

Elle arriva au restaurant sans plus d'encombres, eut une table tout de suite avec vue sur toute la salle, ce qui lui confirma qu'il y avait bien un salon quelconque. De l'agriculture, peut-être, car bon nombre des convives arboraient ce visage bronzé ou brique et ce front blanc qui désignent le plus souvent l'homme des champs. La coupe de leurs vêtements, aussi, était une indication. Lise éprouva un mouvement de chaude sympathie envers eux. Elle se souvenait des grandes mains calleuses et finalement si douces des ouvriers agricoles de son enfance.

Elle passa sa commande, précisant qu'elle voulait le vin tout de suite. Elle fut satisfaite ; le sommelier lui apporta avec des précautions excessives un vin nantais sec et parfumé qu'elle huma et goûta avec un signe de satisfaction qui combla d'aise l'aimable échanson. Le plateau de fruits de mer arriva très vite. Comme toujours, elle avait vu grand : les oursins, les belons, les marennes, les claires, les violets, les moules, les praires, il y en avait largement pour deux. Mais cela ne fit pas peur à Lise qui se sentait un appétit d'ogresse et l'envie de se faire une fête gourmande.

La vue de l'énorme plateau sur la table d'une fille seule et mince fut saluée par toute une tablée de solides gaillards qui, serviettes au cou, se battaient avec des homards à la nage.

— Eh ben, faut pas lui en conter à la petite dame.

Lise leva en souriant son verre dans leur direction. Et ce fut à travers la salle des « A votre santé, ma petite dame », « A la bonne vôtre ». Puis chacun retourna à son assiette.

Lise vint à bout du plateau sous l'œil admiratif du personnel et de ses voisins. Des œufs à la neige et un double café complétèrent ces agapes.

Lise se sentait repue, un peu ivre, peut-être. Elle pensa que l'air frais de la nuit lui ferait du bien. Il y avait longtemps qu'elle n'était pas montée au Sacré-Cœur. Elle traversa le pont au-dessus du cimetière Montmartre, prit à droite la rue Joseph-de-Maistre et à gauche la rue Lepic. Il était minuit, la lune brillait. Le temps s'était radouci. Elle marchait lentement, attentive aux mouvements de son corps dans la montée. Elle rencontra peu de monde. Avant d'arriver à la place du Tertre, elle eut envie de revoir l'allée des Brouillards chargée pour elle d'un souvenir qui, dix ans après, l'émouvait encore. C'est dans cette allée, par une nuit de printemps où l'odeur des troènes se fait aphrodisiaque et émouvante, que Lise avait fait l'amour pour la première fois dehors, debout, tremblante d'être vue, avec son premier amant. Il avait vingt-deux ans, elle en avait dix-huit et ils étaient follement amoureux l'un de l'autre. Par chance, il lui avait révélé immédiatement le plaisir, la laissant émerveillée de ce qu'elle appelait « le cadeau de Dieu ». Émerveillement chaque fois renouvelé qui lui faisait obéir et aller au-devant de tous les désirs érotiques de son amant. Ce fut donc avec une curiosité mêlée d'un peu de crainte qu'elle accéda à celui-là.

Elle fut surprise du plaisir qu'elle éprouva à sentir le contact froid et rugueux de la pierre de la balustrade contre laquelle, jupe troussée, il l'appuya. Il la pénétra facilement tant son sexe était humide de désir. Il la souleva, empalée, et se promena dans l'allée en lui imprimant un mouvement de rotation qui la fit gémir de plus en plus fort, puis crier son plaisir. Quand il la reposa à terre, il dut la soutenir tant la

86

violence de sa jouissance l'avait rompue. Elle resta un long moment, immobile et frissonnante, contre lui. Ils rentrèrent à pied chez eux et firent l'amour le reste de la nuit. Voilà à quoi pensait Lise, en caressant la pierre du parapet.

Ce souvenir l'avait émue et troublée, un peu attristée aussi. Qu'était-il devenu ce premier amour ? Un jour, d'un commun accord, sans cris, sans larmes, ils s'étaient séparés. Ils n'étaient pas las l'un de l'autre, non, ils avaient besoin d'ailleurs. Ils ne s'étaient jamais revus.

Elle reprit sa promenade et arriva place du Tertre, vidée de ses tables, de ses parasols, de ses peintres par la mauvaise saison. Elle entra dans le café qui fait l'angle de la place. Les épaves de la nuit commençaient à arriver. Elle commanda un café qu'elle but lentement au comptoir. C'est un des rares endroits de Paris où l'on ne s'étonne pas de la présence d'une femme seule. Beaucoup viennent ici, théâtreuses, putes, serveuses des restaurants des alentours, ivrognes, tout un petit monde femelle de la nuit mélangé aux travestis au menton bleuissant, aux chansonniers ayant largement dépassé l'âge de la retraite, dans une fraternité factice née de la solitude, de la nuit avancée et de la peur du jour.

Lise se sentait bien dans ce lieu accueillant, chaud et bruyant. Elle commanda une vodka qu'elle porta elle-même sur un guéridon qui venait de se libérer. Une torpeur faite de lassitude, d'alcool, du bruit des voix, de la fumée des innombrables cigarettes, l'envahit peu à peu.

Un travesti emplumé entra brusquement et se laissa tomber sur une chaise en face de Lise, essoufflé.

— Oh ! la ! la ! les vaches, ils ont failli m'avoir, dit-il en agitant un boa légèrement déplumé sous le nez de Lise. Et avec ces saloperies de chaussures, ce n'est pas facile de courir sur les pavés de la butte.

— Remets-toi, Conchita, lui dit le garçon en lui apportant un café et un petit verre de rhum.

Conchita avala l'alcool d'un trait et fit signe au garçon de remettre ça. Gracieuse, elle étouffa un léger rot et but son café, à petits coups, le petit doigt levé.

— Je peux ? dit-elle en tendant la main vers le paquet de cigarettes de Lise. Celle-ci acquiesça et lui offrit du feu.

Sans la barbe qui commençait à lui manger le menton et les joues, la robe un peu trop « habillée », la cape de velours grenat enjolivée d'un boa vert pâle assorti aux escarpins maintenant maculés de boue et la coiffure un peu trop sophistiquée, Lise aurait pu se méprendre sur le sexe de son interlocuteur. Mais tel qu'il était buvant son café et son alcool, il était sympathique à Lise qui eut envie d'entrer en conversation avec lui.

— Vous venez souvent ici ?

Lise fut presque confuse de la banalité de son propos.

— T'es pas du quartier, toi ? C'est la première fois que je te vois. Tu attends quelqu'un ? Non ? Tu es comme eux, montrant la salle d'un geste circulaire, tu t'emmerdes, t'as peur et tu sais pas de quoi, alors tu traînes pour oublier que tu existes, que personne ne t'attend ou si on t'attend, c'est toi qu'as pas envie de rentrer. Va, je connais. Un jour, comme ça, sans crier gare, t'en as marre de la vie que tu mènes, de la gueule de ta femme ou de ton mari et de tes gosses, de ton boulot de con, entouré de cons, piégé par des cons. T'as plus envie de rien, tu crois plus en rien. Ainsi moi, tu vas pas le croire, j'étais marié avec deux gentils mômes, je militais au Parti et le dimanche matin, je vendais *L'Humanité* sur les marchés. Dans les manifs, je faisais partie du service d'ordre. Pour les élections, je collais les affiches, j'assistais aux meetings, bref, j'étais un vrai militant. Et puis, il y a eu les élections. Attention, je ne dis pas que c'est l'échec de l'union de la gauche qui a fait de moi un travelo, non, ce serait pas honnête, j'avais des tendances. Souvent dans les manifs un peu violentes, j'avais peur de recevoir un mauvais coup et de me retrouver à l'hosto, d'y être déshabillé et là de les entendre rigoler car sous mon jean je portais un guêpière, des bas noirs et une jolie petite culotte. Que veux-tu, j'aime le beau linge. Vous avez de la chance, vous, les bonnes femmes, de pouvoir vous mettre ces soies, ces satins tous les jours. La première fois, ça m'avait pris vers onze, douze ans, ma grande sœur prenait son bain et avait disposé soigneusement dans sa chambre des dessous tout neufs que je pris dans mes mains pour le plaisir de palper les fins tissus. Je me mis à trembler et je sentis ma petite quéquette devenir toute dure comme quand je lisais les *Playboy* et les *Lui* de mon frère. Sans réfléchir, je me déshabillai et je mis d'abord le porte-jarretelles un peu grand pour moi, les bas, oh ! les bas, quelle merveille, quelle douceur. Ils étaient trop grands aussi et flottaient autour de mes maigres mollets. Quand j'enfilai la culotte, un spasme me secoua, ce fut le moment que choisit ma sœur pour sortir de la salle de bains, nue. Elle resta sur le seuil, la bouche ouverte, muette, puis éclata de rire. Elle riait si fort que des larmes coulaient le long de ses joues. Elle détourna la tête pour essayer de se calmer, mais chaque fois que ses yeux revenaient vers moi, son fou rire la reprenait de plus belle. Fou de rage et d'humiliation, j'arrachai de moi la fine lingerie, la jetai à terre et la piétinai en poussant des cris de rage. Ce vandalisme arrêta net le rire de ma sœur qui m'envoya une taloche qui me fit faire un tour complet sur moi-même. Cela me calma à mon tour et c'est d'un air penaud que nous nous regardâmes. Elle ramassa les sous-vêtements chiffonnés et me fit mettre à genoux devant elle pour lui demander pardon. J'avais ma tête à la hauteur de son sexe. Je mis mes bras autour de sa taille et mon visage dans sa toison encore humide de l'eau du bain. Elle me releva la tête en me tirant les cheveux et me dit d'un air doux et terrible, la prochaine fois, je te fesserai cul nu devant tout le monde. Devant cette menace ma petite queue se dressa à nouveau. Ma sœur le remarqua et, me repoussant du pied, me tourna le dos, méprisante, en disant :

— Petit cochon.

Puis, j'ai rencontré ma femme et je me suis marié. Nous eûmes très vite deux garçons. Ma femme était militante elle aussi et côté rigolade et cul, plutôt rigide. On faisait l'amour à la missionnaire, et encore pas souvent. Il fallait garder notre énergie pour le Parti. J'étais assez de son avis. J'étouffais donc en moi mes goûts bizarres. De temps en temps, quand je passais devant un magasin de lingerie, j'étais pris d'une envie irrésistible. J'entrais m'acheter une culotte violette bordée de dentelle noire ou des jarretières rouges ou bien vertes, des porte-jarretelles, des soutiens-gorge à bouts percés, les bas les plus fins, et je me précipitais dans le premier café venu ; je demandais les toilettes et me déshabillais pour revêtir mes emplettes. Tout le temps que durait l'opération, je bandais comme un cerf. La dernière agrafe attachée, j'éjaculais comme une bête. Je me déshabillais et je sortais de là, heureux, en paix.

Le plus dur était de cacher mes achats aux yeux de ma femme. A elle qui ne mettait que du coton blanc, cette découverte eût porté un coup affreux. Je les mettais, soigneusement emballés dans du plastique, dans le fond de mes boîtes à outils, bien sûr qu'on ne viendrait pas les dénicher là, ayant interdit à quiconque de toucher à mes affaires.

De temps en temps, oh ! pas très souvent, j'allais à mon travail avec mes plus beaux dessous. Quelle volupté ! Je riais sous cape à l'idée de la tête que feraient tel ou tel de mes collègues. Mais, j'en avais marre de devoir me cacher, je devenais de plus en plus taciturne, même ma femme finit par s'en apercevoir. Je la rabrouais brutalement, lui reprochant sa froideur, son manque de curiosité, son absence d'inventions érotiques. Elle me regardait comme si j'étais devenu fou. La seule chose qu'elle trouva à me dire : « Toi, tu dois avoir de la fièvre », en me mettant la main sur le front. Je la repoussai. Je partis et pendant trois jours je ne rentrai pas. C'est comme ça que je fis la connaissance de mecs comme moi. Certains avaient été plus loin dans leur désir de féminité : la nuit, ils s'habillaient complètement en femme, quelques-uns s'étaient fait pousser des seins et leur grande joie c'était quand un homme — un vrai — les prenait pour une femme. Beaucoup n'avaient jamais eu de relations homosexuelles, tout comme moi. En fait, ce qu'ils auraient aimé, c'est être lesbienne.

Quand je rentrai chez moi, ma femme ne me dit rien sauf qu'il y avait un meeting à la Villette en vue des élections. Durant un mois, la vie fut comme avant sauf que l'union de la gauche avait volé en éclats et que je commençais à penser que

90

les Rocard, Fabre, Mitterrand et Marchais c'étaient tous faux frères et compagnie. Ma femme suivait les événements avec passion, parlant des traîtres socialistes avec une haine militante qui me faisait sourire. Le temps passa, je retournai voir mes amis travelos de la place des Abbesses. Ce fut l'un d'entre eux qui me prêta ma première robe, mes premiers souliers à hauts talons, une perruque rousse et me maquilla. Quand je fus prête il m'entraîna vers l'armoire à glace de sa chambre d'hôtel et là, j'eus un réflexe idiot, je me retournai pour voir la jolie fille qui était derrière moi. Mon copain éclata de rire, fier de son œuvre. Je n'en revenais pas. Ainsi, c'était moi cette fine créature aux longues jambes — il faudra les épiler avait dit le copain — gainées de bas noirs, au doux visage encadré de longs cheveux roux, à la bouche rouge et sensuelle. Je ne me lassais pas de m'admirer sur toutes les coutures. Toute à mon examen, je ne m'étais pas aperçu que je bandais et que cela faisait une drôle de bosse sur le devant de ma jupe.

Le copain m'empoigna la queue et me dit :

— Jolie comme tu es et avec une bitte comme ça tu vas faire un malheur auprès des enculés de Pigalle.

Je n'avais pas pensé à ça et je haussai les épaules. Il m'enveloppa dans un châle, et m'emmena chez Dany pour dîner et pour me montrer. Là, on était entre nous, rien que des travestis et leurs clients. Des gens du même monde, quoi. Comme nouvelle, j'obtins un grand succès. Je me mis à rire comme une fille chatouillée. Ma transformation profonde s'amorçait.

Je me fis épiler les sourcils, les jambes et les aisselles, laissai pousser mes cheveux. Ma femme feignait de ne rien remarquer.

Un jour, j'assistai par hasard à une belle charge de C.R.S. ; je n'étais pas dans le coup, le Parti n'ayant pas appelé à manifester. Je passais, tout simplement. Soudain, je m'arrêtai, comme fasciné, en proie à une vision grandiose. Cette charge d'hommes casqués, vêtus de sombre, armés de longues matraques s'était transformée en une attaque de mecs toujours casqués et toujours matraque au poing, mais vêtus de guêpières, gaines, porte-jarretelles, déshabillés transparents, culottes roses, vertes, noires, rouges, blanches, bleues. Certains, détail émouvant, ayant filé leurs bas, essayaient, le doigt humecté de salive, d'arrêter les mailles. Devant l'ampleur des dégâts, ils repartaient de plus belle, furieux. Encore une paire de fichue ! Que c'était beau, ces gros culs tendant la soie ou la dentelle, ces cuisses velues au-dessus du bas, ces tailles serrées !... Un mouvement de foule m'entraîna et me ramena aux réalités. Mais je n'en demeurais pas moins persuadé que sous ce rude uniforme, certains, comme moi, portaient des bas et des porte-jarretelles. Il y a beaucoup plus d'hommes qu'on ne le croit qui ont cette innocente manie.

Au lendemain des élections, l'attitude de ma femme, de mes camarades, militants ou non, me devint insupportable. Tous me semblaient hypocrites, hors des réalités, de *leur* réalité. Je quittai ma famille sans autre explication qu'un « j'en ai marre » définitif. Je trouvai une chambre dans un petit hôtel de la rue Durantin et après mon travail je rentrais dans ma chambrette, faisais une toilette minutieuse, me parfumais à Shalimar, me rasais de près, me maquillais longuement, choisissais avec soin ma lingerie intime d'une couleur différente selon mon humeur, enfilais des bas gris fumé, c'est la couleur que je préfère, entrais de plus en plus facilement dans mes hauts souliers. Je complétais le tout par une fine combinaison assortie au reste de mon linge et par une robe noire ou bleue. A l'époque je n'en avais que deux. Maintenant j'ai une garde-robe bien plus complète. Je vous montrerai. Le point final était le choix de la perruque, mes cheveux n'étant pas encore assez longs à mon goût. J'avais abandonné le roux, trop vulgaire, pour le brun à chauds reflets, trouvant que cela mettait mon teint en valeur. Vous ne trouvez pas ?

Lise n'avait pas pu placer une parole, d'ailleurs elle n'essaya pas, elle était bien trop intéressée pour ne pas dire fascinée par ce que lui racontait le ou la, elle ne savait plus... la personne en face d'elle. Cela lui rappela qu'un soir... se promenant entre deux numéros à l'étage de l'Alcazar, elle avait été abordée par un travesti faisant partie du spectacle, violemment maquillé de blanc et de noir, aux fabuleux faux cils, moulé dans une incroyable robe à paillettes, coiffé d'aigrettes et à la voix si forte qu'on ne pouvait se tromper sur son sexe. « L'abordage » avait été aussi banal que celui de n'importe quel mâle dans la rue :

— Alors, on se promène ? Si mignonne et toute seule ? Je t'offre un verre après le spectacle ?... et autres fadaises du même genre.

Tout cela débité en l'entraînant dans un des recoins de l'étage. L'étonnement de Lise était tel qu'elle se laissait faire et ne sut que balbutier :

— Mais... les femmes vous intéressent ?

Il éclata d'un gros rire, lui prit la main qu'il posa sur son sexe :

— Tiens, regarde, et il se colla contre elle.

En effet, Lise ne pouvait pas ignorer qu'il se comportait comme n'importe quel homme ayant envie de faire l'amour. Jamais Lise n'éprouva une telle sensation de désarroi. Elle se croyait au fait de bien des choses, mais là, elle était complètement dépassée. Tout son univers érotique basculait. « Ainsi les travestis, si féminins, pouvaient être des hommes comme les autres ? » Profitant de sa stupeur, le garçon avait relevé sa longue jupe et commençait à relever celle de Lise.

« Mais je ne veux pas », se disait Lise qui se laissait faire, paralysée. Elle dut sa délivrance à une amie, chanteuse dans l'établissement, qui lui dit :

— Eh bien Lise, qu'est-ce que tu fais là ? Tes amis te cherchent partout.

Reprenant ses esprits, elle se dégagea des mains du garçon dépité qui lui donna rendez-vous après le spectacle.

La chanteuse l'emmena dans sa loge pour se recoiffer et surtout se nettoyer le visage qui était barbouillé du maquillage de l'autre. Lise, vexée, lui expliqua ce qui venait de se passer et sa découverte, ce qui fit bien rire son amie.

Par la suite, Lise se prit souvent à sourire de sa naïveté.

Lise regardait attentivement l'homme qu'elle avait devant elle, et se sentait pleine de sympathie pour lui.

— Et maintenant que faites-vous ?

— J'ai quitté mon travail. Cela devenait impossible, mes anciens copains me regardaient d'un drôle d'air. Un jour, l'un d'eux a failli me surprendre rajustant mes bas. Ils commençaient à se douter de quelque chose. J'ai préféré partir. Je travaille maintenant dans une boîte de tantes de la rue des Martyrs, je m'occupe du vestiaire. Je gagne beaucoup plus d'argent qu'avant. J'en envoie régulièrement à ma femme. J'ai de bonnes copines, on rigole bien ensemble. Quelquefois je remets mes habits d'homme et je me fais une pute, histoire de pas perdre la main. Car, il faut pas croire, je reste un homme. Très peu pour moi, les piquouses, les opérations, le transexualisme comme ils disent. Ce que j'aime, c'est porter des vêtements féminins, jouer les bonnes femmes. Si la société était mieux faite, chacun devrait pouvoir s'habiller comme il veut, comme il se sent le plus lui-même. Croyez-moi, ça irait beaucoup mieux sur les chantiers, dans les bureaux, si les mecs que ça fait bander pouvaient se mettre en femme.

Ces profondes considérations sur une nouvelle société idéale le laissèrent rêveur à moins que ce ne fût les nombreux verres de rhum qu'il avait bus pendant son long monologue.

Lise aussi avait beaucoup bu et commençait à se sentir fatiguée. Elle regarda sa montre. Plus de trois heures qu'elle était là.

Elle quitta son compagnon, trop absorbé dans ses pensées pour s'apercevoir de son départ, s'approcha du bar et régla leurs consommations. Dehors la neige s'était remise à tomber, posant sur Montmartre un silence ouaté. Lise leva la tête pour recevoir la caresse froide des flocons tout en allant vers le taxi qui stationnait devant la petite église Saint-Pierre.

Lucienne

ou
l'amoureuse
du passage Vérot-Dodat

Toute femme, ici-bas, demande
Ou la richesse ou la grandeur :
Moi, je dis que l'homme qui bande
A seul quelque droit sur mon cœur.

Le plaisir des Dames
Chanson de salle de garde

Les rares commerçants du passage Vérot-Dodat connaissent bien la silhouette de Lucienne et ses habitudes. Toutes les semaines, depuis bientôt cinq ans, elle entre dans la boutique du réparateur de montres et de pendules anciennes, antiquaire mondialement connu dans sa spécialité et collectionneur d'objets religieux dont certains sont pour le moins curieux et qui ont non seulement envahi la minuscule boutique, mais également l'appartement auquel on accède par un escalier en colimaçon. Ce ne sont que saintes renversées, en extase, les cheveux dénoués, les vêtements curieusement chifonnés, les yeux clos sur de doux mystères, la bouche entrouverte comme pour retenir de divins baisers, moines aux regards lubriques flagellant de blanches sorcières, prêtres aux lèvres gourmandes, la main dans la soutane, admonestant de belles pécheresses éperdues de remords, martyres aux seins brûlés ou arrachés, vierges livrées aux lions dans d'obscènes postures, femmes battues par une soldatesque musclée et à demi nue, saints Sébastiens aux blessures semblables à des bouches, les yeux levés au ciel et semblant dire : « encore », jeunes éphèbes aux mains des bourreaux, enfants dépecés, brûlés, noyés, pour la plus grande gloire de Dieu et le plaisir de Raoul le maître de céans.

Lucienne entre toujours dans le passage par la rue Jean-Jacques-Rousseau et le quitte par la rue du Bouloi. En cinq ans, pas une seule fois elle n'a failli à ce rite.

Comme pas une seule fois, elle n'est venue rendre visite à Raoul sans lui apporter un cadeau, en général, une broderie, un dessin, un livre enluminé par ses soins, bref, tout ce qu'une femme habile de ses mains et amoureuse du travail bien fait peut offrir à un homme qu'elle aime.

Dans quelques jours, c'est Noël ; aussi, Lucienne a tenu à ce que son cadeau soit à la mesure de l'événement. Elle tend à Raoul un paquet assez grand, soigneusement enveloppé de papier de soie et fermé de rubans roses.

— Joyeux Noël, mon grand.

Raoul lui prend le paquet des mains et lui plaque deux gros baisers sur ses joues encore froides de l'air de l'hiver.

— Tu n'aurais pas dû, Lucienne, je vais te gronder. Chaque fois je te dis que je vais refuser tes cadeaux. Je ne le fais pas de peur de te faire de la peine...

— Mais c'est mon cadeau de Noël, dit-elle d'une petite voix en l'interrompant.

Raoul l'embrasse une nouvelle fois, attendri et désarmé.

Il ouvre le paquet avec précautions. Tout d'abord, il croit à un service de table banal, mais en dépliant une serviette, puis une autre, il éclate d'un rire heureux et, quand il déploie la nappe, c'est du délire : Lucienne s'est surpassée. Sur chacune des douze serviettes, brodés au point de tige dans des couleurs tour à tour tendres et agressives, des phallus dressés, des sexes féminins ouverts, fermés, blonds ou bruns. Quand à la nappe, c'est un chef-d'œuvre : une vaste partouze se déroule sous les yeux émerveillés de Raoul qui bat des mains comme un enfant. Une larme de joie coule le long de la joue de Lucienne, heureuse de voir son cadeau si bien apprécié. Raoul la prend par la taille et entreprend une série d'entrechats dans le faible espace laissé par les pendules et les saints. C'est de justesse qu'il rattrape une superbe pendule Louis XV que lui a confiée le musée du Louvre. Cela le calme un peu.

— Ma belle amie, nous inaugurerons ce chef-d'œuvre le soir de Noël, je compte sur toi.

— Tu sais bien que ce n'est pas possible, je dois garder mes petits-enfants. Une autre fois, je viendrai prendre le thé avec toi et nous bavarderons de choses et d'autres. A propos, tu sais, en venant, je suis allée dans les toilettes messieurs du métro Louvre et j'en ai vu une... énorme... mais énorme... au moins grande comme ça !...

Son geste est d'une telle ampleur qu'il laisse Raoul rêveur !

— Oh ! la la ! tu exagères.

— Mais non, je t'assure, même que j'ai eu peur. Elle était grosse comme mon bras, pleine de veines, et elle bandait si fort que le bout en était violet. Oh ! ce que j'en avais envie. Une queue comme ça, ça ne court pas les chiottes, ajouta-t-elle avec une moue de connaisseuse.

Raoul incline la tête d'un air affirmatif, comme quelqu'un qui s'y connaît aussi dans ces choses.

Ils restèrent un moment silencieux, tout a leur rêverie, peuplée de phallus de plus en plus gigantesques. Ensemble, ils poussèrent un tel soupir qu'ils éclatèrent de rire tous les deux.

Lucienne rajusta sa toque d'astrakan, vérifia si son sac à main était bien fermé, enfila ses gants, rajusta son manteau lui aussi d'astrakan et, après un dernier baiser à Raoul, s'en alla vers la rue du Bouloi.

Raoul regarda son amie s'éloigner de son pas lent de vieille femme, s'étonnant toujours d'une telle régularité dans l'obsession, d'une telle jeunesse dans les phantasmes. Elle ? C'était le sexe des hommes, les queues comme elle disait d'une voix gourmande.

Raoul l'avait connue alors qu'elle était encore bibliothécaire à la Nationale et qu'il effectuait des recherches sur les horlogers du dix-septième siècle. Un jour, ouvrant un fort vénérable volume, il eut la surprise de trouver une lettre d'amour d'une telle obscénité et écrite dans une anglaise des plus élégantes qu'il resta abasourdi. Comme aucun nom n'était mentionné, il supposa qu'un précédent lecteur l'avait oubliée. Mais quand, le lendemain, dans un autre ouvrage, tout aussi vénérable que celui de la veille, il trouva une autre lettre, plus précise encore que la précédente mais, de plus, ornée dans la marge d'un dessin érotique, il commença à penser qu'il était peut-être le destinataire de ces lettres. Il regarda autour de lui avec circonspection. On n'entendait que le bruit des pages tournées. L'assistance peu nombreuse était plongée dans la torpeur studieuse. Le personnel semblait avoir passé l'âge de se livrer à de semblables manifestations. Son bref tour d'horizon laissa Raoul perplexe et songeur. Il referma son livre, toute idée de travail l'ayant abandonné.

— Vous ne trouvez pas ce que vous cherchez ? lui demanda l'honorable bibliothécaire.

Raoul sourit en entendant la formulation. Il ne pouvait quand même pas parler à cette dame aux cheveux blancs, en âge d'être sa mère, sinon sa grand-mère, sans doute à la veille de la retraite, des deux lettres trouvées dans des livres fournis par ses soins. Sans doute, dans les réserves, avait-il un admirateur ou une admiratrice — rien ne lui ayant permis d'identifier le sexe de leur auteur — trop timide pour se déclarer et qui usait de ce moyen commode pour déclarer sa flamme. Romantique, cette idée séduisait Raoul.

— Vous avez quelqu'un dans les réserves ? demanda-t-il à la vieille dame toujours debout près de lui.

— Non, tout le personnel est ici.

Raoul jeta à nouveau un regard circulaire et ce qu'il vit ne le rassura pas. Les trois hommes du service, vêtus de la blouse grise réglementaire, manquaient vraiment trop de sex-appeal, l'un était petit, bedonnant et chauve, l'autre, les cheveux filasse, était agité de tics tels qu'il pensa à Malraux, quant au troisième, sa barbiche blanche et respectable, ses lorgnons retenus par un cordon noir, semblant sorti tout droit d'un livre d'Anatole France ou de Paul Bourget, décourageaient toute idée polissonne.

Du côté des dames, ce n'était pas mieux ; outre la bibliothécaire proche de la retraite, l'inévitable vieille fille, sèche et revêche, que l'on ne trouve, semble-t-il, que dans certaines administrations.

Découragé, Raoul haussa les épaules et se leva.

— A demain, monsieur, dit la vieille dame avec un aimable sourire.

Le lendemain, un rendez-vous imprévu l'empêcha de se rendre à la bibliothèque. Le surlendemain, il partit quelques jours pour l'Italie. Ce ne fut que deux semaines plus tard qu'il reprit sa place, ayant complètement oublié les lettres.

Il attendit un temps assez long avant d'avoir le livre demandé. Ce fut la bibliothécaire elle-même qui le lui apporta.

— Vous avez été absent bien longtemps, monsieur, dit-elle en posant le livre devant lui sur un lutrin.

Raoul la remercia et commença à feuilleter le livre. Il ne tarda pas à trouver la troisième lettre dans laquelle on lui disait en des termes d'une telle crudité à quel point son absence avait été douloureusement ressentie qu'il en rougit. Les mots étaient si précis, les descriptions si obscènes que Raoul sentit son sexe se dresser. Il ne fut même pas surpris quand une main le saisit.

Assise près de lui, le visage comme éclairé, la bibliothécaire le massait doucement.

L'étonnement de Raoul fut si fort qu'il débanda instantanément. Il crut devoir s'excuser devant la mine déçue de la vieille dame.

— Venez me rejoindre aux toilettes de l'étage, dit-elle en se levant.

La stupeur laissait Raoul sans réaction. Ainsi c'était donc là sa correspondante ?

Il n'arrivait pas à y croire. Pourtant peu de choses pouvaient encore le surprendre dans ce domaine, mais là, il se sentait dépassé. Tant d'audace et de naturel dans un endroit où il s'attendait si peu à ce genre de manifestations, l'âge et l'autorité de la dame le firent se sentir tel un petit garçon face à son institutrice.

En y réfléchissant, il trouva son attitude mesquine et stupide. Ce n'est pas parce que l'on est vieux que l'on ne s'intéresse plus aux choses de l'amour, c'est le contraire souvent qui se passe. Allons, un bon mouvement, il ne sera pas dit que j'aie reculé devant une proposition amoureuse. A son tour, il se leva.

Elle l'attendait debout devant le lavabo. Quand il fut entré, elle ferma la porte avec une grande clef. Tout de suite, sans un mot, elle se mit à genoux et entreprit de sortir le sexe de Raoul de son pantalon. Raoul n'était pas très fier de son aspect recroquevillé, mais cela ne gêna apparemment pas la vieille dame qui, le prenant dans sa bouche, entreprit une fellation comme il n'en avait jamais connu. Bientôt son sexe se mit à revivre et prit des proportions honorables. Satisfaite, la bibliothécaire s'arrêta pour contempler son œuvre.

— Oh ! la belle queue, comme elle bande bien. Je savais que tu étais un bon garçon, pourvu d'une grosse queue.

Malgré lui, Raoul se sentit flatté. Il prit la tête de la future retraitée entre ses mains et s'agita dans sa bouche jusqu'à l'explosion finale. Elle l'avala avec une expression gourmande. Raoul l'aida à se relever. Elle sortit d'une de ses innombrables poches un grand mouchoir blanc et lui lava tendrement le sexe.

Amusé et heureux, il l'emmena déjeuner dans un bistrot de la rue Richelieu et, là, elle lui raconta sa vie De ce jour, ils devinrent amis. Mais plus jamais il n'accepta ses caresses. Au début, elle s'en attrista, cependant, peu à peu, elle fit de lui le confident de ses fredaines, et lui ne manquait pas de lui raconter quelques-unes de ses propres aventures, seulement celles où il était question de « queues », les autres ne l'intéressant pas.

Louise

ou
le quartier
de Javel en 1968

Quel cœur pourrait souffrir l'inexorable charme
De la nuit éclatante au firmament fatal
Sans tirer de soi-même un cri pur comme une arme ?

Valéry

Le quartier du quai de Javel, du pont Mirabeau côté quinzième arrondissement, la rue des Cévennes et le quai André-Citroën, exercent sur Louise un attrait que ses amis comprennent mal, surtout depuis la fermeture, en 1968, puis la démolition, en 1970, du célèbre bal de la Marine. C'est pourtant depuis ce moment-là que Louise ne peut passer dans ce coin de Paris sans éprouver un pincement au cœur et une contraction de désir au creux du ventre.

Entraînée par de belles amies, assistantes assidues des salles de Censier, de la Sorbonne ou de l'Odéon, droguée par l'odeur des grenades du boulevard Saint-Germain et du boulevard Saint-Michel, se mélangeant au parfum de la terre parisienne qui, comme le dit Rictus : « au printemps, sent la merde et les lilas... », troublée par ces jeunes mâles en sueur défendant leurs barricades ou affrontant, pavés en main, les hordes noires des C.R.S., casqués, bottés, heaumes de chevaliers moyenâgeux rabattus sur des visages qu'elle imaginait cruels et virils, matraque au poing, autre sujet de rêverie trouble et apeurée, Louise ne savait plus très bien ou elle en était moralement, intellectuellement et politiquement. La seule chose qu'elle savait, c'est qu'elle ne voulait pas être étrangère à la fête, mais y participer en distribuant des tracts, en vendant *L'Enragé* et autres feuilles issues du pavé de Paris, ou en défilant à l'appel des syndicats ou des partis.

Ce jour-là, il s'agissait d'aller soutenir les travailleurs en grève de l'usine Citroën : « ouvriers-étudiants, même combat ».

Louise et ses amies étaient venues dans la voiture de Michèle qui, elle, avait encore de l'essence. Toutes avaient adopté une tenue de « combat » : jeans, chemisiers à carreaux, foulard pour se protéger des gaz lacrymogènes, et souliers plats pour pouvoir courir plus vite devant la charge des C.R.S. Toutes sauf Louise qui répugnait à ce qu'elle appelait un déguisement, ou, selon les cas, une usurpation d'uniforme. Après tout, elles n'étaient que des révolutionnaires de salon. Elle trouvait inconvenantes ces tenues qui ne tenaient, pensait-elle, qu'à une mode.

Louise était donc habillée comme à son habitude : une jupe plissée portefeuille, un léger pull, des bas et des chaussures plus faites pour danser que pour manifester, un sac en bandoulière, le tout noir et éclairé par un blazer d'un rouge éclatant : « Les couleurs de l'anarchie » avait déclaré d'un ton pincé Anne, moulée à ne plus pouvoir respirer dans un jean choisi volontairement deux tailles en dessous de la sienne. Louise s'était contentée de sourire.

Michèle trouva par chance une place pas trop loin de l'usine, près de l'Imprimerie nationale, sous l'œil goguenard et les lazzi des ouvriers du livre en grève eux aussi.

La rue Balard était noire de monde. Une foule jeune, excitée, gaie et cependant sérieuse. Les slogans fusaient face aux ouvriers silencieux derrière les grilles fermées de l'usine. Des drapeaux rouges, des drapeaux noirs flottaient ; par-ci, par-là, quelques banderoles, on s'attendait presque à voir des lampions allumés dans la nuit douce qui venait de tomber, et à entendre un air d'accordéon ou d'harmonica.

Il y avait bien une heure que Louise et ses amies étaient là, répétant les slogans, chantant L'Internationale mais il ne se passait rien, tout était calme, comme si la douceur du soir empêchait trop d'agressivité. Même les C.R.S. restaient tapis au fond de leurs cars. Louise commençait à s'ennuyer et à avoir mal aux pieds. Elle regarda sa montre, bientôt onze heures. Elle allait être en retard. Elle avait donné rendez-vous à son amant dans une petite rue (elle n'arrivait pas à se souvenir du nom), entre la rue Balard et le quai André-Citroën. Elle regarda autour d'elle, cherchant ses amies. Ne les voyant pas, elle partit soudain, pressée, fendant la foule qui s'écartait gentiment devant cette jolie fille au lourd chignon noir.

Elle trouva la petite rue qui était déserte. Elle s'arrêta et secoua la tête comme un cheval que l'on vient de libérer de son harnais. La foule lui faisait peur et c'était à chaque fois une délivrance, quand elle se retrouvait seule. Elle entra dans la rue sombre et mal pavée éclairée seulement par les lumières d'un petit café d'où s'échappaient le bruit des verres, du percolateur et du brouhaha des conversations. Elle sursauta devant la haute silhouette sortie de l'ombre d'une porte et qui lui barrait le chemin. La joie balaya la peur : c'était son amant. Dans un élan, elle colla son corps contre lui, se frottant comme un jeune animal, lui mordillant le cou, humant son odeur pour arriver à sa bouche dont elle s'empara en gémissant. Il lui rendit son baiser, la serrant contre lui, brutalisant un sein dont la pointe se dressa aussitôt. Leurs deux corps semblaient ne pas pouvoir s'éloigner l'un de l'autre, cependant il la repoussa et la tint à bout de bras, haletante, son chignon près de s'écrouler :

— Du calme, petit, du calme, dit-il en riant et en l'entraînant vers sa voiture. Dès qu'elle fut assise, elle se blottit à nouveau contre lui, déboutonnant sa chemise pour mieux sentir sa peau. Lui, écartant la jupe, découvrit les bas, puis le haut des cuisses qui paraissait encore plus blanc par le contraste des jarretelles et des bas noirs. Sa main s'installa au creux chaud et humide tandis que l'autre main remontait le pull et dégrafait le soutien-gorge. Ses lèvres saisirent un mamelon et le tirèrent lentement. Il semblait à Louise que toute son attention, que tout son plaisir s'étaient réfugiés dans cette tendre chair délicieusement torturée. Mais bientôt, le plaisir descendit dans son corps, ses cuisses s'écartèrent, son ventre vint au-devant des doigts qui la fouillaient. La légère culotte était un rempart encore gênant, son amant la lui retira, écartant les cuisses au maximum. Prise d'un sursaut de pudeur, se rappelant brusquement qu'elle était dans une voiture, garée dans une rue à deux pas de milliers de personnes dont les cris venaient jusqu'à elle, elle tenta de les refermer ; il s'y opposa, les lui écartant davantage encore. Elle se sentait à ce moment-là plus que nue : offerte.

— J'ai peur, murmura-t-elle.

— Je sais, mais vous aimez.

Elle se sentit rougir. Oui, elle aimait être ainsi ouverte, risquant à chaque instant d'être vue. Deux hommes venaient de sortir du café, ils se tenaient près de la portière où Louise était appuyée. L'un d'eux avait déjà son sexe à la main et le caressait lentement en regardant ses cuisses écartées. Louise gémit, tenta d'échapper à son amant, celui-ci la maintint, accentuant la succion de ses lèvres et introduisant ses doigts dans son ventre mouillé. Alors, elle s'abandonna, se laissant envahir par un plaisir de plus en plus fort, elle n'eut même pas un sursaut quand elle sentit une main forte et rugueuse lui empoigner l'autre sein, elle gémit seulement plus fort. L'homme lui faisait mal, la griffant profondément, mais cette douleur se transforma en un plaisir si éclatant qu'elle cria en inondant la main de son amant. Quand elle rouvrit les yeux, la rue était déserte et son amant lui baisait tendrement les paupières. Elle ne sut pas si elle avait rêvé la présence des deux hommes.

— Là, là, doucement, c'est bien, petit... Que j'aime votre plaisir !...

Il attira sa tête vers ses genoux. Louise comprit ce qu'il attendait d'elle. Elle tira la fermeture du pantalon. Le sexe dur, chaud et odorant de son amant sembla se précipiter vers elle. Elle le prit doucement entre ses lèvres, l'agaçant de petits coups de dents et de langue. Son amant appuya sur la tête de Louise et le sexe s'enfonça dans sa bouche, l'étouffant presque, il grossit encore. Louise sut qu'il allait bientôt jouir. Et quand, à longs jets, il se répandit dans sa bouche, elle jouit en même temps que lui une nouvelle fois.

112

Ils restèrent un long moment, le corps et le cœur anéantis de bonheur.

Louise était belle, la tête inclinée sur le dossier du siège, ses cheveux défaits, répandus autour d'elle, encadrant son visage pâle, faisant ressortir la forme gonflée de ses lèvres. Elle ouvrit les yeux, eut pour son amant un regard d'amour reconnaissant et dit :

— J'ai faim.

Il rit en se rajustant, refusa qu'elle remette sa culotte qu'il mit dans sa poche.

— J'ai retenu une table pas très loin d'ici, au Bistrot 121. Vous aimez ?

Le dîner fut délicieux et très agréable. Ils parlèrent peu des événements et beaucoup d'eux-mêmes.

Quand ils sortirent, il était près d'une heure du matin, l'air était d'une exquise transparence, un vent léger faisait bruisser les feuilles des platanes du boulevard.

— Si nous allions au bal de la Marine ? dit Louise.

— Vous avez envie de vous encanailler ? lui dit son amant.

Cela les fit rire. Ils montèrent dans la voiture et se garèrent sur le quai, tout près du bal dont l'enseigne de néon bleu éclairait la nuit.

La salle était pleine de monde et enfumée. L'orchestre jouait, dans une pénombre propice aux étreintes furtives, un tango désuet. Les danseurs formaient une masse sombre et mouvante. Louise pensa à des taillis touffus agités par le vent. Un serveur, mégot aux lèvres, les plaça à une table déjà occupée. Ils commandèrent deux bières. La musique s'arrêta et une lumière, trop crue et qui blessait les yeux, s'alluma. C'était la pause. Des filles aux pommettes rouges, aux yeux trop brillants et aux aisselles humides revenaient en riant et en se bousculant se rasseoir à leur place. Les hommes allèrent s'agglutiner autour du bar. Seuls, quelques couples ne se séparèrent pas.

La foule qui était là était très différente de celle qui

manifestait tout à l'heure. En apparence, nul souci politique n'agitait les cervelles, on était là pour s'amuser, boire et draguer, les Séguy, les Cohn-Bendit, les Mitterrand ou les de Gaulle, on les laissait aux fils de bourgeois qui croyaient faire la révolution parce qu'ils jetaient des pavés sur les flics en criant : « C.R.S. S.S. » Ici, on parlait moto, football, soûleries et surtout du cul des filles. Ça c'était des choses sérieuses qui permettaient une fois par semaine, avant la grève générale, de supporter le boulot détesté et mal payé, le contremaître ou le chef de chantier, les parents ou la bonne femme, bref, de supporter la société. Le reste, ils savaient bien que, de toute manière, ce serait toujours eux qui se feraient baiser quand la fête serait finie.

Une bande d'une dizaine de jeunes hommes, tous vêtus de blousons de cuir diversement cloutés, fit une entrée bruyante et remarquée. Il y eut chez des filles proches de Louise comme un murmure de peur :

— Faut faire gaffe, c'est la bande de Choisy.

Ils se frayèrent à coups de gueule et de coudes un passage jusqu'au bar auquel ils s'appuyèrent, face à la salle, l'air goguenard et satisfait de ceux qui viennent de réaliser un joli coup. Après avoir regardé longuement la foule, ils se retournèrent avec dédain, commandant des bières, qu'ils burent au goulot. La mousse coulait le long de leur menton. L'orchestre revint, attaquant ce qu'il croyait être un twist. Les danseurs envahirent à nouveau la piste, moins nombreux cependant que pour le tango. .

Louise se blottit contre son amant, heureuse d'être là. Un des garçons vêtus de cuir s'approcha, l'invitant à danser ; elle allait refuser, presque choquée d'être choisie alors qu'elle était avec un autre homme, mais son amant la poussa vers lui. Elle se leva à contrecœur. Tout de suite, il dansa d'une façon bien particulière. Rien à voir avec les déhanchements des autres, au contraire, c'était un ondoiement lent et insinuant dans le rythme de la danse et en même temps sans aucun rapport avec elle. Elle tenta de s'écarter, furieuse de tant de sans-gêne, mais le garçon la maintint fermement contre lui, en accentuant la pression de son ventre contre celui de Louise. Presque aussitôt, elle sentit son sexe se durcir. Une vague de plaisir l'envahit si brutalement qu'elle sentit ses jambes se dérober sous elle, il la soutint, un sourire heureux aux lèvres. Alors ce fut elle qui se frotta contre lui, la tête levée vers lui, elle lui offrit ses lèvres. Leur baiser fut tellement brutal que ses dents déchirèrent la bouche du garçon. Le goût du sang accentua leur désir. Les bras noués autour de la nuque un peu lourde qui sentait le cuir, le tabac, la bière, la sueur et la lavande, Louise, oubliant son amant, ne pensait plus à rien qu'au désir animal et brutal qui l'envahissait.

L'homme avait passé sa main sous la ceinture de sa jupe, il constata qu'elle ne portait pas de culotte. Il eut un grognement de satisfaction en pétrissant les fesses nues de la fille. Louise tenta mollement d'écarter sa main. Son faible mouvement de refus eut pour résultat qu'il retira certes sa main, pour, troussant le devant de la jupe, empoigner ce sexe ouvert et humide qu'il malaxa, arrachant à Louise des gémissements de plaisir.

La lumière baissa d'intensité, la musique aussi. L'orchestre jouait un slow. Tout le corps de Louise était attentif aux mouvements des doigts du garçon quand, tout à coup, elle se souvint de son amant. Qu'allait-il penser d'elle ? Elle n'eut pas à s'inquiéter de la réponse, il était derrière elle, il mit ses mains sur ses seins et, dansant dans cette position, elle sentit la bosse dure de son sexe contre ses reins. Alors elle s'abandonna toute au plaisir de ces deux hommes bandant pour elle. Des images d'une obscénité folle défilèrent derrière ses paupières fermées.

Son amant lui mordillait les oreilles, lui murmurant des mots qui à d'autres moments l'auraient fait sursauter de honte. Il dit au garçon quelque chose que Louise n'entendit pas. Celui-ci répondit d'un signe de tête. Les deux hommes n'attendirent pas que la danse soit terminée pour entraîner Louise. Le garçon passa devant eux, en habitué des lieux. Louise, un bras passé autour de la taille de son amant, se laissa conduire, sans poser la moindre question, confiante. Ils descendirent au sous-sol. Le garçon se dirigea vers une porte marquée « toilette ». Louise se raidit et s'arrêta, pensant : Oh ! non, pas là. Elle jeta un regard suppliant à son amant. Mais il ne souriait plus, paraissant plus pâle, plus dur aussi. Une angoisse indéfinie l'envahit. Sa main la poussa fermement dans la pièce mal éclairée aux carreaux de faïence blanche dont certains manquaient, accentuant le côté délabré de l'endroit. Une cloison à mi-hauteur séparait le côté des hommes. Trois portes de part et d'autre, toutes percées de trous par les voyeurs. Une forte odeur flottait autour d'eux. Le garçon ouvrit une des portes de la partie réservée aux femmes, l'odeur se fit plus violente encore. Louise n'avait qu'une envie, s'échapper, tout désir évanoui. Le garçon avait déjà ouvert son pantalon, sortant un sexe long, noueux et brun. Son amant la fit se pencher sur la cuvette. Pour ne pas tomber, elle dut s'appuyer aux rebords humides, une nausée lui monta aux lèvres. Quand il releva sa jupe, livrant ses fesses, son ventre au désir de l'inconnu.

— Quel beau cul, murmura celui-ci en promenant son sexe le long de la raie qu'il écarta davantage. Il sembla hésiter entre le ventre et les reins. D'un coup brutal, il s'enfonça dans le sexe ainsi ouvert. Cela se fit si vite que Louise poussa un cri de surprise et de colère. Elle tenta d'échapper à ce membre si dur qui heurtait le fond de son ventre, lui causant à chaque fois une sourde douleur. Mais la prise du garçon était bien assurée. Des larmes coulèrent le long des joues de Louise, le long de son nez, marquant son visage des sillons noirs du Rimmel. Son amant, accroupi près de la cuvette, lui releva la tête, léchant ses larmes et l'embrassant à petits coups. Il se releva, déboutonna à son tour son pantalon et fit signe au garçon qu'il voulait la place. Beau joueur, celui-ci se retira en riant et vint se placer près de la tête de Louise qu'il redressa en la prenant par ses longs cheveux défaits et, forçant ses lèvres, s'enfonça dans sa bouche au même moment où le sexe de son amant forçait brutalement ses reins. Elle s'attendait si peu à être prise par là et sa douleur fut telle qu'elle se serait

116

effondrée s'il ne l'avait solidement maintenue contre lui. Il attendit cependant que la douleur s'éloigne, puis doucement, tendrement, assura sa possession. Peu à peu, le corps de Louise se détendit, ses reins s'ouvrirent permettant à son amant de s'y enfoncer davantage. Sa bouche autour du sexe du garçon se fit gourmande, elle ne sentit plus l'inconfort de sa position, l'odeur répugnante, l'humiliation d'être ainsi forcée, elle n'était plus qu'une femelle avide de plaisir, livrée à qui voulait la prendre.

Les deux hommes et Louise jouirent en même temps. L'espace d'un instant, l'odeur fade du sperme domina celle de l'endroit. Son amant se retira doucement d'elle. Un peu de sang coula le long de ses cuisses. Le sperme du garçon avait un goût âcre et piquant. Il s'essuya à ses cheveux, non par mépris, mais comme ça, tout naturellement. Il l'aida à se redresser et, lui relevant la tête, lui embrassa tendrement les lèvres. Cette douceur, après cette brutalité, était tellement inattendue que les larmes de Louise coulèrent à nouveau, mais cette fois sans honte ni tristesse. Le garçon sortit après une dernière caresse. Son amant aida Louise à se rajuster. Elle n'osait pas le regarder. Qu'allait-il penser d'elle ? Pourquoi s'étaient-ils, l'un et l'autre, conduits de cette manière ? Ce n'était pas dans leurs habitudes. Certes, il avait évoqué quelquefois le plaisir que Louise pourrait prendre à faire l'amour avec plusieurs hommes en même temps. Mais, à chaque fois, elle avait refusé de le laisser continuer, lui fermant la bouche de sa main, plus troublée qu'elle ne voulait se l'avouer.

Elle se lava le visage, se rinça la bouche à l'eau du lavabo et s'essuya avec sa jupe. Des femmes rentraient et sortaient, la regardant d'un air réprobateur ou complice. Elle renonça à coiffer ses cheveux emmêlés. Ils remontèrent et, d'un commun accord, gagnèrent la sortie et se dirigèrent vers le pont de Grenelle. Elle s'appuya contre le parapet, regardant couler la Seine aux reflets noirs et moirés. Il lui sembla que cette eau courante, cette douceur de la nuit la purifiait. La purifier ? mais de quoi ? N'avait-elle pas éprouvé des plaisirs si divers, si complets, si purs dans leur perfection, qu'ils la purifiaient d'eux-mêmes. Forte de ce raisonnement, elle fit face à son amant qui avait l'air, quand même, un peu inquiet.

Mais devant son visage lisse, son regard presque enfantin, il se sentit absous. S'inclinant devant elle, il lui baisa la main. Ils se regardèrent avec l'intensité de ceux qui s'aiment et cherchent à pénétrer dans l'autre par le regard pour mieux l'investir et se fondre en lui. Ce qu'ils ressentaient était si fort qu'il leur semblait qu'un lien tangible fait de chair, de nerfs et de sang les unissait.

Des cars de C.R.S. ébranlèrent le pont en direction de la Maison de la Radio, les rappelant aux réalités du temps.

Ils rentrèrent à travers les rues désertes. Seules quelques voitures de police circulaient. Ils arrivèrent chez eux au moment où la nuit s'éclairait de la venue d'un nouveau jour.

Ludovine

ou
le confessionnal de Saint-Sulpice

J'attends Dieu avec gourmandise.

Arthur Rimbaud

Le quartier Saint-Sulpice est depuis longtemps consacré à la littérature et aux articles de piété. Les écrivains les plus renommés comme les plus obscurs l'ont de tout temps hanté, soit à la recherche de l'inspiration dans les jardins du Luxembourg, tout proches, ou, manuscrit sous le bras, en quête d'un éditeur. Il y a moins de dix ans, ils y croisaient encore des prêtres, des religieuses et des religieux en habit. Mais il faut maintenant un œil exercé pour les distinguer des autres promeneurs. Ludovine ne s'y trompe jamais. Élevée dans des pensionnats religieux, elle devine immédiatement le prêtre ou le jésuite ou le dominicain à la démarche, au regard qui ne voit pas, à la retenue de tout le corps, à quelque chose de rentré dans les épaules, c'est encore plus frappant chez les religieuses qui, lorsqu'elles sont âgées, ont le haut du corps plié avec la tête enfoncée dans le cou et se décalant par rapport à la poitrine comme chez certains volatiles. Déformations qui leur étaient venues par les centaines d'heures passées à genoux à prier pour les péchés du monde.

Sans qu'elle sache vraiment pourquoi, ce quartier l'attire, non seulement à cause des bouquinistes de la rue de Seine avant qu'elle ne devienne rue de Tournon et des boutiques de mode de celle-ci, mais à cause peut-être d'un certain air provincial, accentué par les magasins de la rue Saint-Sulpice.

Quand venant de chez Lolié, rue de Seine, elle tournait à droite dans la rue Saint-Sulpice, elle ne manquait jamais de s'arrêter longuement devant la vitrine du spécialiste en vêtements pour ecclésiastiques et religieuses. L'ascétisme des habits ainsi présentés n'avait rien à envier à celui de la Chine populaire. Le complet gris du curé n'aurait pas désorienté un garde rouge, la coupe du vêtement religieux était aussi mauvaise que celle du vêtement révolutionnaire. Seule la couleur différait. Les robes, tristement posées sur des mannequins sans tête, avaient la grâce des sacs de pommes de terre vidés de leur contenu. Le tissu fait pour durer longtemps évoquait l'ennui des soirées d'hiver de son enfance quand la sœur Saint-André lui faisait répéter sa leçon avec ce bruit agaçant de son ongle grattant machinalement la serge noire de la longue robe. Les chemisiers blancs, sagement accrochés, lui firent penser aux pensionnaires sournoises qui, après la messe du dimanche, chuchotaient entre elles dans un coin de la cour de récréation. De gros chaussons de feutre noir, gris ou écossais noir et gris attendaient les pieds enflés supportant de lourdes jambes enveloppées d'épais bas de coton gris aussi gracieux qu'une bande molletière sur le mollet poilu d'un fantassin de la guerre de 14. Lesdits bas étaient empilés impeccablement non loin des chaussons. Dans la vitrine de gauche, le coin lingerie. Qui dira l'équivoque de cette robe de chambre en laine des Pyrénées grise et le trouble qui se dégageait de celle en laine bordeaux, ceinturée d'une cordelière du même ton ? Quant à celle en écossais de deux tons de gris, c'était du délire !... Ludovine n'a jamais osé franchir le seuil de cet endroit respectable, de peur d'être prise d'un fou rire irrespectueux.

Un peu plus loin se trouve la boutique du marchand de cierges, bougies diverses et articles du culte. C'est là où elle se fournit en petits cierges de cire naturelle sentant si bon le miel qui lui rappellent la beauté naïve des petites églises grecques. Elle s'arrête également devant la vitrine de la librairie Cayla, dont les livres en montre indiquent assez bien les opinions politiques. C'est là qu'elle avait acheté à un prix prohibitif

124

l'édition originale des *Bagatelles pour un massacre* de Céline.

Elle traverse la rue et s'arrête devant les éditions Alsatia. Là non plus, on ne peut pas se tromper sur la vocation profonde de la maison. Tiens, on a réédité *Le Prince Éric, Le Bracelet de vermeil, La Tache de vin,* avec de nouvelles couvertures. Elle regrette les anciennes. Heureusement, l'éditeur a conservé les illustrations originales de Joubert, à qui les livres doivent une grande partie de leur succès. Illustrations sur lesquelles rêvèrent deux générations de jeunes garçons et qui furent l'occasion de nombreuses pollutions nocturnes. Ludovine se souvient encore de sa joie quand, ouvrant une malle rangée dans le fond du grenier de la maison des cousins bretons chez qui elle passait les grandes vacances, elle découvrit la collection complète des *Signes de piste.* Tout son été fut occupé à dévorer le contenu de la malle et à relire et relire *Le Prince Éric* dont elle devint amoureuse. Le récit de la mort d'Éric fut son premier vrai chagrin.

Ludovine se demanda s'il s'était servi d'un modèle pour dessiner le prince Éric et ce qu'il était devenu. Était-il mort comme son héros à Dunkerque en juin 1940, où avait-il vieilli tranquillement ? Peut-être l'avait-elle croisé plus d'une fois sans le reconnaître. A cette pensée elle se sentit frustrée puis très vite soulagée, en se disant que les héros de roman morts à vingt ans restent éternellement jeunes.

Elle remonte la rue Garancière et passe devant l'imposant immeuble des éditions Plon qui publient avec un égal bonheur le général de Gaulle et Gérard de Villiers... A droite, rue de Vaugirard, une librairie qui semble abandonnée et une charmante boutique de cartes postales, de poupées et de jouets anciens, souvent pleine des amis de la marchande, personne gaie et accueillante, mais que l'on a presque toujours l'impression de déranger. Puis, c'est la rue Servandoni qui a conservé tout son charme provincial et ce calme propre aux vieilles rues situées près des églises. Cette rue est chère à Ludovine. C'est une rue qu'elle a souvent rencontrée dans les romans. Entre autres chez Paul Bourget, si injustement oublié. Et puis, c'est là, surtout, que Chateaubriand venait rendre visite à l'abbé Séguin. Sans lui, *La Vie de Rancé* n'eût jamais existé. Elle ne se remémore jamais sans une profonde émotion ces lignes relatives à l'amour, à la tristesse de ne plus aimer et qui malgré tout contiennent une forme d'espoir.

« Est-ce un nouvel attachement qui commence ou un vieil attachement qui finit ? N'importe : c'est l'amour qui meurt avant l'objet aimé... On est obligé de reconnaître que les sentiments de l'homme sont exposés à l'effet d'un travail caché ; fièvre du temps qui produit la lassitude, dissipe l'illusion, mine nos passions, fane nos amours et change nos cœurs comme elle change nos cheveux et nos années. Cependant il est une exception à cette infirmité des choses humaines ; il arrive quelquefois que dans une âme forte un amour dure assez pour se transformer en amitié passionnée, pour devenir un devoir, pour prendre les qualités de la vertu ; alors il perd sa défaillance de nature, et vit de ses principes immortels. »

Ludovine s'est arrêtée, perdue dans ses pensées : « Saurai-je, moi aussi, supporter avec dignité et élégance ces transformations de l'amour ? » Elle pousse un profond soupir plein de mélancolie, et reprend sa marche vers la place Saint-Sulpice. La place Saint-Sulpice, depuis la construction du parking souterrain, a refait peau neuve. Son sol est soit pavé, soit recouvert de grandes dalles de pierre. La fontaine resplendit sous les mille gouttelettes de ses jets d'eau. Les petits marronniers s'efforcent vaillamment de prendre racine dans la maigre terre. Et certains soirs d'été une foire à la brocante et aux vieux livres vient égayer ce lieu un peu sévère de ses baraques en bois peintes en vert et de ses objets désuets et colorés. Elle traverse la place éclatante de soleil et s'assied à la terrasse du café qui fait l'angle de la rue des Canettes. On y parle beaucoup de littérature, d'édition, entre auteurs, attachés de presse ou employés des éditions Robert Laffont venus en voisins prendre un verre. Ludovine commande du lait froid.

126

A côté du café, elle aperçoit la vitrine de la petite boutique où chaque année, à l'époque de Noël, sa mère la conduisait avec sa sœur choisir de nouveaux santons pour compléter leur crèche ou remplacer ceux cassés l'année précédente. Petite fille, elle éprouvait un tel plaisir à ce choix délicat que souvent, au moment des rangements, après la fête des rois, elle laissait échapper un ou deux petits personnages parmi les plus usés. Chaque année, sa mère la grondait pour sa maladresse :

— Puisque c'est comme ça, l'année prochaine nous ne ferons pas de crèche. Tant pis pour vous. De toute manière, vous êtes trop grandes, Marguerite et toi. Vous n'êtes plus des bébés.

Chaque année, sa petite sœur se mettait à pleurer, à supplier leur mère qui, bien entendu, finissait par se laisser fléchir.

Elle se souvenait également de l'empressement du marchand, qui, quand il les voyait entrer, quittait le sombre réduit qui lui servait de bureau et venait vers elles en se frottant les mains d'un air à la fois obséquieux et salace. Durant tout le temps que durait le choix difficile des petites filles, il ne quittait par leur mère des yeux. Ludovine se souvient très précisément du jour, elle devait avoir huit ans, où sa mère lui acheta une roulotte à bâche rouge rapiécée, tirée par un cheval, sur laquelle était accrochée une minuscule botte de paille et de petits pots de terre, suivie par toute la famille des gitans, où le marchand, tout en continuant à regarder sa mère, avait glissé sa main dans sa petite culotte. Elle avait été si surprise qu'elle avait failli laisser tomber la roulotte. Bien entendu, sa mère l'avait grondée en lui disant de faire attention. Ludovine possède toujours la petite roulotte.

Ludovine est bien, heureuse sous le soleil encore chaud, perdue dans ses souvenirs. Oublieuse de l'endroit, elle s'étire longuement, cambrant sa taille, faisant saillir ses seins et allongeant ses jambes dont le mouvement fait glisser la soie de la robe sur le haut de ses cuisses, découvrant l'attache des bas. L'impression d'être regardée lui fait prendre conscience de la provocation de sa tenue. Un jeune homme assez beau assis non loin d'elle la regarde avec désir et amusement. Elle rabat sa jupe.

— Dommage, c'était si beau.

Elle est dérangée. Tout son plaisir d'être là est parti à cause de la réflexion de cet imbécile. Les hommes ne comprennent jamais rien au comportement des femmes : il parlent toujours trop. Elle appelle le garçon et lui paie son verre de lait. Elle se lève, ne sachant où aller. Elle jette un coup d'œil à la vitrine Saint Laurent et regrette de ne pas voir souvent d'hommes habillés de cette façon. Elle revient sur ses pas et achète *Le Monde,* puis trouve son geste idiot : elle va avoir les mains toutes noires. A l'arrêt d'autobus, un groupe de religieuses japonaises attendent le 63, elles s'y engouffrent avec des piaillements insupportables aux oreilles tellement françaises de Ludovine. Elle traverse la rue, plonge ses mains dans l'eau froide de la fontaine et regarde l'église inachevée, où se marièrent Camille et Lucile Desmoulins, et se dirige vers elle. Elle monte lentement les hautes marches, pousse la porte capitonnée de cuir clouté et entre.

Ludovine connaît presque toutes les églises de Paris. C'est plus fort qu'elle, elle ne peut passer devant une église sans y entrer et y faire brûler un cierge. Cela amuse ses amis qui, la sachant incroyante, lui demandent ce qu'elle vient y chercher. Ludovine ne le sait pas. Ce n'est pas la paix, ni le recueillement car, dans une église, elle est presque toujours inquiète, aux aguets. Elle aurait un peu peur que ce ne serait pas surprenant. Après la chaleur du dehors, la fraîcheur la surprend. Cette église est vraiment rébarbartive, elle ne comprend pas que l'on puisse y prier vraiment. Dans une chapelle latérale, un prêtre finit de dire sa messe devant deux ou trois fidèles. Ludovine s'agenouille. Elle sent sur sa nuque un regard. Sans se retourner, elle devine que c'est le garçon du café qui l'a suivie. A un autre moment, cela l'aurait mise hors d'elle, mais là, cela l'amuse, elle commençait à s'ennuyer. Les fidèles s'en vont : la messe est finie, le prêtre disparaît dans la sacristie. Une porte claque. L'église est vide. Midi sonne à l'horloge du clocher, la poussière danse dans la lumière. Ludovine se lève, abandonnant son journal, et se dirige vers le fond de l'église ; l'homme la suit. Il s'approche d'elle, elle s'arrête et le regarde longuement, il est beau, une mèche de cheveux blonds glisse sur ses yeux d'un joli bleu, il la rejette en arrière d'un mouvement de la tête. Il porte un blouson de cuir fauve, une chemise blanche ouverte et un jean : il ressemble un peu au prince Éric. Cela la fait sourire.

— Vous avez l'air d'une petite fille quand vous souriez ainsi.

Quel incorrigible bavard. Au froncement de sourcils de Ludovine, il devine qu'il a agacé. Il s'approche d'elle à la toucher. Elle est plus petite que lui et doit relever la tête pour le regarder. Il pose doucement ses lèvres sur la bouche levée vers lui. Les lèvres de Ludovine s'entrouvrent, appelant un baiser plus profond. La langue du garçon se fait savante, puis gourmande. Le garçon s'écarte et la regarde avec ravissement. Il a un petit rire devant la moue déçue de Ludovine. Il l'entraîne dans une chapelle sombre au fond de laquelle il y a un confessionnal. Il ouvre la porte de l'habitacle réservé au prêtre, s'assied, prend Ludovine sur ses genoux et referme la porte sur eux.

Ludovine a passé ses bras autour du cou du garçon et l'embrasse goulûment tandis que les mains de celui-ci s'efforcent de dégager les seins. La robe ne s'y prête pas, il abandonne le corsage et relève la jupe. La petite culotte que porte Ludovine est déjà humide, il tente de la lui retirer.

— Non, je préfère la garder.

Obéissant, il détache le bouton de son jean, le bruit de la fermeture à glissière ressemble à un couinement de souris. Le sexe a jailli, comme projeté. Ludovine le saisit.

— Oh ! qu'il est beau.

Le garçon soulève Ludovine et l'assied à califourchon. La pointe de son sexe trouve rapidement la tendre ouverture.

Ludovine pousse un petit cri quand il touche le fond de son ventre. Ses deux mains s'appuient de chaque côté du confessionnal, lui permettant d'assurer elle-même la cadence. Par moments, elle s'arrête, le cœur battant à l'idée qu'ils puissent être surpris, mais son désir est plus fort que sa crainte. Quand le garçon se répand en elle, elle a du mal à étouffer les gémissements de sa propre jouissance.

Ils sont là, en sueur, épuisés, heureux, une odeur fauve imprègne l'endroit. Ludovine ne peut s'empêcher de penser que cela risque de donner de drôles d'idées au prêtre qui viendra après eux.

Elle se lève maladroitement, gênée par l'exiguïté du lieu. Elle s'essuie avec un coin de la chemise du garçon et regarde à travers les croisillons si la voie est libre. Ils sortent. La soie de sa robe est toute chiffonnée, tachée par endroits, ses cheveux sont décoiffés, elle se sent toute rouge. Il lui semble voir une silhouette noire se dissimuler derrière un pilier : un voyeur sans doute.

Le garçon est décoiffé lui aussi, il paraît plus jeune. Maintenant, il a l'air gauche et ému. Il l'attire contre lui.

— Comme tu es belle. Merci.

Ce simple merci lui va droit au cœur.

— Merci à toi aussi.

Ils s'en vont enlacés vers la sortie. La lumière violente de midi leur fait cligner les yeux. Les cloches se mettent à sonner.

— Tu crois que c'est pour nos noces qu'elles carillonnent ?

Elle sourit. Ils restent un long moment, debout sur les marches, le corps heureux et l'esprit absent.

Au bas des marches, ils se disent adieu et s'en vont, lui vers Montparnasse, elle vers l'Odéon, accompagnés du chant des cloches.

Lucie

ou
les portes cochères
de la place Dauphine

C'est, à ne pouvoir s'y méprendre, le sexe de Paris qui se dessine sous ses ombrages.

André Breton (Pont-Neuf)
La Clef des champs

Joliment chaussée de fins souliers noirs à hauts talons retenus par une bride autour de la cheville, la couture de ses bas noirs bien droite, Lucie traversait lentement le passage clouté du quai des Grands-Augustins en direction du Pont-Neuf, à la rencontre de son amant.

C'était une de ces belles fins de matinée d'automne, au soleil encore chaud, qui ralentit la marche et alanguit l'esprit, qui font que le cœur déborde d'émotion devant la beauté de Paris, sublimée par une lumière unique au monde. Il y avait dans tant de beauté comme une promesse de paix, de bonheur. Il semblait que rien de mauvais, de laid ne pouvait atteindre Lucie.

Au milieu de la première partie du pont, elle s'arrêta, s'appuya le dos au parapet et regarda le Louvre, la passerelle des Arts toujours mutilée, les platanes rouillés, la Seine aux reflets roses et mordorés. Un vent doux et léger soulevait ses cheveux bouclés, l'auréolant d'un halo doré. Un bonheur inouï, semblant venir d'ailleurs, l'envahit, qui fit monter à ses lèvres les prières de son enfance et à ses yeux des larmes de joie. L'enfant, ému aussi sans doute, bougea en elle longuement. Elle mit la main sur son ventre et lui parla doucement :

— Que je t'aime, mon petit, que j'ai hâte de te voir, de sentir ton corps chaud et vivant. En même temps, je voudrais te garder toujours dans mon ventre, ne pas interrompre ce dialogue. Chacun de tes mouvements est une phrase pour moi, je sais quand tu es bien, quand tu es mal, quand tu t'ennuies si je m'occupe trop de quelqu'un d'autre, quand tu bâilles, quand tu t'étires, quand tu boudes, quand tu es jaloux. On est si bien, tous les deux.

Les automobilistes ralentissaient devant le joli tableau. Lucie reprit sa promenade, frôlant la pierre du parapet d'un geste machinal, geste qu'elle faisait chaque fois qu'elle traversait un pont, comme pour se l'approprier ou payer un droit de passage. Étant très en avance, elle prit le quai des Orfèvres pour mieux sentir le soleil, passa devant le palais de justice et revint vers la place Dauphine où elle s'assit sur un banc à l'ombre des marronniers.

A la suite d'André Breton, elle considérait cette place comme le sexe de Paris et, à coup sûr, un des endroits magiques de la capitale.

Elle y venait souvent en toutes saisons, sauf en hiver où la place lui faisait peur et où un violent courant d'air décourageait toute flânerie, à moins que la neige ne la recouvrît. Dans ces moments-là, le côté théâtre de la place devenait évident. Dans cet univers blanc, dès la nuit tombée, les arbres noirs et dépouillés étaient prêts à se mettre en marche à la conquête de l'anneau entraîné par Bilbo le Hobbit, les bancs semblaient d'énormes insectes ayant pris l'apparence de banc pour pouvoir se déplacer sans encombre, les façades des hautes maisons allumaient çà et là leurs yeux aux regards inquisiteurs ; les maigres buissons du fond de la place semblaient une troupe de trolls en mouvement et même le palais de justice, rendu grisâtre par tant de blancheur, devenait la nuée masquant les cavaliers noirs.

Les rares passants paraissaient hésiter à fouler ce mou et froid tapis immaculé ; redoutant sans doute quelque piège, ils étaient arrêtés à l'entrée de la place, impressionnés par le silence, le calme apparent de l'endroit dans une nuit enneigée. Quelquefois, ces nuits-là, Lucie avait rencontré le fantôme de Manon Phlipon, se hâtant de rentrer dans sa maison du quai. Était-ce par une de ces nuits, où les bruits, les cris sont étouffés que la future madame Roland avait été violée par un ouvrier de son père ? Avait-elle, comme une nuit Lucie, rencontré le diable sous une porte cochère ? Lucie était convaincue que la place Dauphine était un des lieux de prédilection du Malin car, bien que ne croyant pas en Dieu, elle croyait au diable. Et rien ne put jamais la faire changer d'avis. Elle avait ses raisons.

Par une soirée d'hiver, la neige s'étant arrêtée de tomber, Lucie, alors âgée de dix-sept ans, marchait à vive allure quai des Grands-Augustins. Elle venait de quiter la place Saint-Michel où elle avait acheté des livres et se dirigeait vers le métro Pont-Neuf pour rentrer chez elle. Très vite, elle eut l'impression d'une présence derrière elle. Elle se retourna, rien. Elle haussa les épaules et hâta le pas. Un peu plus loin, non seulement elle sentit une présence, mais crut entendre une sorte de ricanement. « Je lis trop de romans noirs », pensa-t-elle. Cependant son cœur se mit à battre plus fort. Elle s'efforça de ne pas courir, se traitant de sotte et de peureuse. Cependant, là, elle n'avait pas rêvé, un souffle brûlant venait de lui effleurer le cou, elle poussa un léger cri, s'arrêta, se retourna, rien. « J'ai bu trop de café. »

Devant elle, appuyé à une des boîtes du quai, la silhouette haute et noire d'un homme enveloppé d'une grande cape. « Enfin quelqu'un », pensa-t-elle. Elle dépassa l'homme après un bref regard qui lui suffit cependant pour ne plus jamais oublier cette figure. Imaginez un long visage pâle, aux lèvres minces et cependant gourmandes, au front haut comme bossué, à la longue chevelure plate et noire aux pointes ondulées, découvrant des oreilles étonnamment pointues et surtout des yeux brillant d'un éclat insoutenable et au regard d'une méchanceté inouïe. Elle fut prise d'une folle envie de courir, mais ne le put pas, il lui semblait, au contraire, qu'elle avançait de plus en plus lentement. Derrière elle, l'homme s'était mis en marche.

Enfin, les lumières du Pont-Neuf. L'homme la dépassa

devant la fontaine Wallace à l'angle du quai et se planta devant elle.

— Puis-je vous aider ? dit-il en tendant des mains gantées de noir vers les livres qu'elle tenait serrés contre elle.

Elle secoua négativement la tête, s'agrippant à ses livres comme à une bouée, incapable de prononcer une parole. Il lui semblait que les yeux de l'inconnu prenaient possession d'elle, une brusque chaleur envahit son corps en même temps qu'une étrange mollesse. L'homme la regardait toujours, il eut un mouvement vers elle qui entrouvrit sa cape. Il était vêtu d'une sorte de collant noir, d'un justaucorps noir au col montant et de hautes bottes de cuir noir à revers. Cela rappela à Lucie une illustration d'un roman de Frédéric Soulié représentant Lucifer. Elle fut prise de tremblement et regarda intensément... le Diable. Cette reconnaissance fut tellement évidente que ce fut comme si elle avait parlé ; cela le fit rire, d'un rire inquiétant qui lui parut contenir toute la cruauté du monde. Il lui prit le bras. Trop subjuguée pour se dégager, engourdie par la chaleur de la cape dans laquelle il l'enveloppa, elle se laissa entraîner sur le Pont-Neuf et vers la place Dauphine. Il n'était pas très tard, sept heures, huit heures du soir peut-être, mais le pont, la place s'étaient inexplicablement vidés de leurs voitures et de leurs piétons. Un silence lourd et menaçant descendant d'un ciel bas et sali par endroits de traînées jaunâtres pesait sur Paris.

Aucun des mots qu'il prononçait n'arrivaient au cerveau de Lucie. Elle se laissait conduire, l'esprit totalement absent avec comme seule sensation consciente cette chaleur qui l'enveloppait toute et répandait en elle un étrange bien-être. La neige était profonde sur la place, mouillant ses chevilles. Il la poussa dans le creux d'une porte cochère qui s'ouvrit sous une simple poussée. La lourde porte se referma lentement. Le noir était absolu après les lumières des réverbères rendues plus brillantes par la réverbération. Il la prit dans ses bras, lui mordillant le cou, les oreilles. Chaque baiser, chaque morsure provoquait une chaleur supplémentaire. Il déboutonna lentement son manteau et quand ce fut fait, il glissa sa main sous

138

son pull-over, détacha habilement l'agrafe du soutien-gorge et empoigna l'un après l'autre les seins. Les pointes s'érigèrent sous les mains brûlantes qui la caressaient sans ménagement : elle gémit et sentit son ventre se contracter. Il accentua la pression de ses doigts et tordit les pointes à la limite du supportable. Cela provoqua chez Lucie une brusque explosion de plaisir qui la fit s'affaisser contre lui. Il la redressa, chercha ses lèvres et lui donna un extraordinaire baiser. Jamais Lucie n'avait été embrassée comme cela, ses petits flirts d'alors se contentant de baisers maladroits, bavouilleux, qui la laissaient plus écœurée que troublée. Mais là, un inconnu, le diable de surcroît, lui révélait le plaisir qu'il y a à abandonner sa bouche à une autre bouche, à se laisser manger, à manger l'autre, à communiquer langue contre langue, toutes salives mêlées, à sentir vivre, non seulement ses lèvres, mais sa gorge, son nez, ses joues, son front, jusqu'à la pointe de ses cheveux. Un tel baiser vous donnait l'impression de quitter la terre, d'être dans un monde d'apesanteur où chaque geste se déploie avec une lenteur harmonieuse. Lucie rendit le baiser.

Et il n'y eut plus que deux corps fabuleusement heureux, tanguant l'un contre l'autre, momentanément unis dans l'innocence du plaisir.

Lucie, dont le cerveau s'était remis à fonctionner, n'éprouvait plus la moindre peur. Au contraire, son bonheur était tel qu'elle eût aimé que tout s'arrête là, à l'ombre d'une porte cochère de la place Dauphine.

La lumière envahit tout à coup leur refuge, rompant brutalement le charme qui s'était tissé autour d'eux. Il n'y eut plus qu'une femme apeurée face à un inconnu lui ayant fait violence, même si cette violence avait été pour Lucie l'occasion de la découverte de l'autre, du plaisir des caresses de l'autre, et un homme grand, vêtu de noir, ressemblant au diable des légendes qui, pour le moment, clignait des yeux dans la lumière avec une expression d'agacement. Il prit Lucie par la main et la fit sortir.

La neige s'était remise à tomber. Un silence magique, une

immobilité surnaturelle recouvraient la petite place. Tout semblait attendre. Le vent lui-même, comme aux aguets, s'était tu. Ils tournèrent quai des Orfèvres. Les lumières jaunes de deux bistrots jetaient sur la neige une lueur accueillante derrière la buée de leurs vitres. Lucie s'arracha de la main du Diable et entra en courant au relais des camionneurs. Les clients, vieux habitués de l'endroit, levèrent à peine la tête à son entrée, mais frissonnèrent dans la bouffée d'air froid venue du dehors. Lucie se réfugia au bout du comptoir et demanda un café et un jeton de téléphone. La cabine donnait sur la salle et, par la vitre, elle pouvait voir le diable qui regardait l'intérieur du café. Il la vit et la regarda avec, lui sembla-t-il, un regard triste : elle se détourna et composa son numéro.

— Allô, papa ? Peux-tu venir me chercher ?

— ...

— Je t'en prie, j'ai peur... oh ! ne ris pas... viens vite.

— ...

— Le Diable m'attend dehors...

— ...

— Mais non, ce n'est pas une blague... Oh ! papa, viens, viens vite, j'ai tellement peur...

— ...

— Oui... il est toujours là... il me regarde...

— ...

— Dans un café, quai des Orfèvres... presque à l'angle...

— ...

— D'accord, je ne bouge pas, merci, dépêche-toi...

Lucie raccrocha lentement et resta un long moment sans oser se retourner, ni sortir.

Un consommateur frappant avec impatience à la vitre la tira de sa léthargie. Elle se décida à quitter son précaire abri et, s'appuyant d'une main tremblante au comptoir, elle but son café qui était devenu froid en faisant la grimace. Elle n'osait regarder vers l'extérieur de peur d'apercevoir la haute silhouette noire, tout en redoutant de ne l'y plus voir. Au prix d'un effort inouï, elle tourna la tête : il était toujours là. Elle éprouva un sentiment de panique, mêlé de satisfaction.

Elle commanda un autre café. Elle se brûla en avalant la première gorgée et faillit lâcher sa tasse. En la reposant, elle répandit un peu de café que le patron essuya machinalement.

Que faisait son père ? En voiture, ce n'était pas très loin.

La porte s'ouvrit, un homme grand, jeune encore, entra.

— Papa...

Lucie se jeta dans ses bras, comme la petite fille qu'elle n'avait pas encore cessé d'être. Par-dessus l'épaule de son père, elle vit la noire silhouette s'éloigner. Elle en éprouva une telle peine que ses yeux s'emplirent de larmes sur lesquelles son père se méprit.

— Grande sotte, comment peux-tu te mettre dans des états pareils. Où est-il ton diable ?

— Il est parti.

Haussant les épaules, son père régla les deux cafés et le téléphone.

— Viens vite, ta mère va s'inquiéter.

Le banc sur lequel Lucie était assise était juste en face de la fameuse porte cochère. Elle trouva étrange que cette aventure lui soit revenue à l'esprit par une belle matinée d'automne. Le bébé bougea longuement en elle. Elle ferma les yeux pour mieux savourer le tranquille bonheur d'être pleine.

Elle répéta mentalement ce mot : pleine. Pourquoi ne l'employait-on que pour les animaux ? Cela lui sembla injuste. C'était tellement l'expression exacte de ce qu'elle ressentait : elle était pleine. Pleine de l'enfant qu'elle portait et de l'amour qui l'avait amené là. Elle pensa au père, une tendresse amoureuse l'envahit. Ils avaient échangé leur premier baiser, un soir d'été, sur le quai des Grands-Augustins. Et ce baiser, elle s'en souvenait maintenant, lui avait rappelé, oh ! fugitivement, celui du diable de ses dix-sept ans. Qu'elle était jeune alors et innocente ! Elle sourit au souvenir de cette innocence si prête à se donner à un homme habile ou au Diable.

Son amant n'avait rien du diable, mais il était diablement habile. Elle se moqua d'elle devant l'association facile. Mais elle était si bien, elle se sentait complète.

Elle se leva et rejoignit le Pont-Neuf par le quai de l'Horloge. Après la fraîcheur des marronniers de la place Dauphine, la chaleur des pierres du pont lui procura un bien-être supplémentaire. Elle regarda la statue d'Henri IV dont le bras tendu contient, paraît-il, une statue de Napoléon. Lucie espère vivement que ce n'est pas seulement une légende. Elle marcha lentement vers la Samaritaine : jamais elle ne s'habituera à la laideur de ces bâtiments ; à chaque fois, elle éprouve le même agacement vain.

Cette haute silhouette ?... c'est lui. Lucie a eu tout un mouvement du corps pour se mettre à courir. Le poids de son ventre l'a rappelée à une juste mesure plus compatible avec son état et plus digne. Il marchait lentement, comme pour la faire languir, elle s'impatienta : il pourrait se dépêcher ! Mais non, il avançait à son rythme, sûr de lui, de l'accueil. Elle se blottit contre lui, heureuse. Il lui releva la tête et l'embrassa longuement. Ils firent demi-tour. Sans s'être concertés, ils allèrent place Dauphine. Elle l'entraîna vers la porte cochère, la poussa. Il entra derrière et la regarda avec étonnement.

— Prends-moi dans tes bras, embrasse-moi.

Souriant, il la serra contre lui.

Lydie

ou
la petite maison
du quatorzième

*Couchez-vous à plat ventre, un peu plus
vite, un peu plus vite que ça, en tapis. Je
marche sur leurs corps, roi fainéant,
j'avance, je salis leurs vestons, et leur peau,
et leur cœur. Drôles de dessins de l'Aubus-
son servile. Nom de Dieu, pas de révolte,
paillassons. Si j'avais pensé à mettre mes
souliers à clous, ou des éperons. Des éperons, ça ne serait pas mal. Rrran rrran de
la molette, Patipan du talon. Vos gueules.*

Aragon

Lydie est chef de service dans un ministère. Jean, recommandé auprès du ministre, trouve le temps bien long. Jusqu'au jour où Lydie le convoque dans son bureau. Il est tout de suite impressionné par cette belle femme un peu lourde au beau chignon impeccable et au visage plein et sévère éclairé cependant par d'admirables yeux d'un vert clair et changeant, au regard tour à tour ironique et cruel. Devant elle, Jean se sent transparent. Aujourd'hui, il fait très beau, un soleil de mai inonde le bureau, par la fenêtre ouverte monte une odeur d'herbe fraîchement coupée venant des jardins des Tuileries. Lydie le regarde, lui semble-t-il, presque tendrement.

— Portez ce dossier au ministre et revenez me voir.

A son retour, il la trouve sur le pas de la porte de son bureau, gantée, son sac sous le bras.

— Venez, je vous emmène déjeuner au Bois.

Jean balbutie, soudain écarlate, les mains moites, le cœur battant... et la suit docilement.

Le gardien du parking a été chercher sa voiture. Elle se met au volant et se faufile avec autorité dans la circulation de la cour du Louvre.

Le temps doux, la beauté du ciel ont eu raison de l'agressivité habituelle des automobilistes, ils conduisent lentement, presque sereins. Il y a beaucoup de monde sur les Champs-

Élysées, les femmes ont sorti leurs robes claires, les hommes se retournent sur elles, émus par la légèreté des tissus qui laisse deviner les formes. Avenue du Bois, les marronniers laissent tomber leurs fleurs blanches ou roses, les jets d'eau font briller les pelouses et naître des arcs-en-ciel. Ils roulent doucement vers la Cascade. Lydie n'a pas arrêté de poser des questions à Jean sur sa vie, ses amis, ses goûts littéraires et culinaires. Il a répondu de son mieux, encore intimidé. Dans le restaurant, une table est retenue au nom de Lydie. Elle est visiblement connue du personnel. Cérémonieusement, un maître d'hôtel lui tend le menu. Elle commande sans demander à Jean son avis, choisit le vin :

— Un champagne nature, ça vous plaît ?

Jean acquiesce, subjugué par cette autorité.

Durant tout le repas, elle mène la conversation avec désinvolture et brio, Jean s'essaie à lui donner la réplique sur le même ton, mais devant son sourire moqueur préfère se cantonner dans un silence respectueux. Tout en bavardant, Lydie insinue son genou entre les jambes du garçon. Rougissant, il referme ses cuisses sur cette jambe provocante. Lydie commande cigare et alcools. C'est dans un état de bien-être et d'abandon qu'il monte dans la voiture et sans surprise qu'il entend Lydie lui dire :

— Ce n'est pas un temps pour travailler, je vous emmène chez moi.

L'appartement de Lydie lui ressemble, tour à tour sévère et voluptueux, dans une petite rue calme du quartier de la Muette.

Jean s'est laissé tomber dans un fauteuil profond et bas, face à Lydie qui s'est à moitié allongée sur le canapé. Sa jupe portefeuille s'est entrouverte, révélant une cuisse forte moulée dans un bas fin d'un gris très pâle retenu par une jarretelle rose et noir se découpant sur une peau très blanche. Devant ce tableau, Jean sent son sexe se dresser.

— Relève-toi, qui t'a permis de t'asseoir devant moi ?

Plus que le sens des paroles, la méchanceté du ton fait que

Jean se lève avec une précipitation maladroite qui fait sourire Lydie.

— Viens près de moi. Mets-toi à genoux... Caresse-moi...

Subjugué, Jean obéit.

— Pas comme ça, que tu es maladroit... Suce-moi... là, c'est bien...

Lydie gémit, maintient la tête du garçon contre son sexe. Elle jouit longuement sous sa langue. Du pied, elle le repousse brutalement.

— Déshabille-toi.

Enfin, pense-t-il, en retirant à la hâte ses vêtements qu'il éparpille autour de lui.

— Ramasse tes vêtements et pose-les soigneusement sur une chaise.

Jean a un mouvement d'agacement.

— C'est moi qui décide et tu dois obéir. Si je te dis range tes vêtements, tu dois les ranger. Si je te dis suce-moi, tu dois me sucer. Je sais ce qui est bon pour toi. Avance.

Elle l'attrape par son sexe redevenu mou. Elle le triture sans douceur. Très vite, le garçon bande à nouveau. Elle accélère son mouvement. Jean a l'impression que son sexe va exploser entre les mains expertes qui lui arrachent ces gémissements. Une envie folle le saisit de prendre cette femme aux jambes ouvertes et au ventre humide, aux gestes autoritaires, à la voix dure et moqueuse. Elle semble deviner son désir.

— Je n'ai pas envie de faire l'amour avec toi, tu es trop pressé. Seul mon plaisir compte, le tien ne m'intéresse pas. Ton seul plaisir doit être le mien et pour cela tu dois être lent, mesuré et modeste.

Jean l'écoute avec stupeur, bizarrement troublé, une brusque angoisse aux reins.

— Pour une fois, je te permets d'avoir du plaisir devant moi et de jouir. Branle-toi.

Devant son mouvement de dénégation, Lydie se lève et le gifle violemment à deux reprises. Les yeux du garçon s'emplissent de larmes de colère, d'humiliation et de douleur.

— Branle-toi, petite pute.

Jean la regarde avec horreur, fasciné. Sa main se referme sur son sexe.

— Là, c'est bien, continue, petite, plus vite.

Jean a fermé les yeux pour mieux cacher sa honte et le plaisir qu'il prend à cette situation qui atteint son paroxysme quand il sent un doigt de Lydie lui forcer les reins. Il jouit en poussant un grand cri.

— Tiens, essuie-toi.

Il ouvre les yeux, la tête baissée, et prend une boule de chiffon rose et noire que lui tend Lydie. C'est sa culotte encore humide et parfumée de son plaisir.

— Maintenant, enfile-la. A partir d'aujourd'hui, c'est moi qui m'occupe de tes dessous... C'est bien... Tu es mignon comme tout là-dedans...

Rhabillé, les yeux toujours baissés, Jean attend.

— Je t'ai assez vu. Va-t'en. Je te verrai demain au ministère.

**

Le lendemain, en arrivant à son bureau, Jean trouve bien en évidence sur son sous-main une enveloppe à son nom. Son cœur bat quand il reconnaît la haute écriture autoritaire. Les jambes soudain molles, il s'assied pour l'ouvrir et lit : « Petite (on te trouvera un nom plus tard).

Sois sans illusions. Je sais *qui* tu es et ce *que* tu cherches.

A partir de ce jour, tu n'as plus d'autre maître que moi, d'autre volonté que la mienne.

Pour commencer, tu vas demander et obtenir un congé d'une semaine. Immédiatement, sans repasser chez toi, tu iras à l'adresse ci-jointe. La maison où tu dois te rendre est la dernière au fond de l'allée. Tu y seras à quatorze heures précises. Une domestique t'attendra et me rendra compte de ton exactitude. Hors de ma présence, tu devras lui obéir comme à

150

moi-même. Le moindre manquement entraînera des punitions sévères. Je viendrai en fin d'après-midi te donner mes ordres. A mon arrivée, tu devras te mettre à genoux et tenir tes yeux baisséss — ils devront toujours l'être en ma présence. Tu m'appeleras Maîtresse. Déchire et brûle cette lettre. »

Jean repose la lettre sur le bureau, il est très pâle et respire difficilement. Machinalement il déchire la lettre dans le cendrier et la brûle. « Comment a-t-elle pu deviner ? » Il se lève, son sexe lui fait mal, il marche de long en large. « Non, je n'irai pas, c'est de la folie. » Cependant, il sait qu'il ira, qu'il ne peut pas ne pas y aller. Il se rassied, met sa tête entre ses mains et pleure, les épaules secouées par ses sanglots.

La porte du bureau voisin du sien s'ouvre. Il essuie ses yeux, se mouche bruyamment. « Quelle tête je dois avoir ! » Il sort de son bureau, va aux lavabos et se passe de l'eau fraîche sur le visage. L'image que lui renvoie le miroir le trouble : ses yeux sont cernés et ses lèvres gonflées comme s'il avait fait l'amour toute la nuit.

Le taxi s'arrête devant un immeuble banal de la rue Didot. Jean traverse un couloir puis prend une petite allée bordée de pavillons en meulière entourés de minuscules jardinets. Il se tord les pieds sur les pavés inégaux de l'allée. Comme il voudrait revenir sur ses pas ! La dernière maison est entourée d'un haut mur. Il sonne à la petite porte verte, regarde sa montre : quatorze heures cinq !... Il est en retard !... La porte s'ouvre immédiatement. Une femme sans âge au visage bonasse mais aux petits yeux vifs et méchants lui fait signe d'entrer. Elle referme la porte. Le jardin de la maison paraît plus grand que celui des autres. Il suit la femme et entre derrière elle dans la maison. Ils descendent quelques marches. Ils traversent une grande pièce assez masculine d'aspect, mi-salon, mi-bibliothèque. Aux murs, un très beau Balthus, un tableau du poète Henry Bataille représentant l'actrice Yvonne de Bray appuyée sur les montants d'un lit, deux aquarelles de Lévine, un admirable pastel de Bacon, un dessin de Sempé, une petite toile de Gustave Moreau et d'admirables dessins érotiques du dix-huitième siècle. Il n'a

151

pas le temps de pousser plus avant son inspection. Elle ouvre une porte et le laisse dans une petite pièce blanche sans fenêtre avec pour tout mobilier une petite armoire, une table et une chaise de bois ciré. Une salle de bains, blanche aussi, la complète.

— Déshabillez-vous.

Il a un mouvement de révolte.

— Déshabillez-vous et donnez-moi vos vêtements. Vous trouverez de quoi vous habiller dans l'armoire. Voici les instructions de madame pour aujourd'hui. Elle lui tend une enveloppe.

Rouge de honte, Jean se déshabille sous l'œil indifférent de la domestique. Quand il est nu, elle ramasse ses vêtements, prend ses chaussures, s'en va et l'enferme à clef sans ajouter un mot.

Jean déchire l'enveloppe et lit :

« Petite,

Te voilà arrivée. Sois la bienvenue dans cette maison qui fut autrefois, dit-on, une des petites maisons du marquis de Sade. Vrai ou faux, je ferai en sorte qu'elle ne faillisse pas à sa réputation de haut lieu sadien. J'ai raison, n'est-ce pas ? A une époque comme la nôtre, il faut savoir protéger les vestiges du passé et leur redonner vie par quelques petites fêtes appropriées. Tu es convié à une de ces fêtes.

Tu trouveras dans l'armoire les vêtements convenant à ta nouvelle condition. Quand tu seras convenablement habillée, sonne afin que Juliette (c'est son vrai nom) vienne vérifier ta tenue. Ensuite, tu trouveras dans le tiroir de la table un cahier d'écolier, un crayon et une gomme. Je veux que tu écrives, sans tricher, ta première expérience de travestissement, de domination (n'essaie pas de me faire croire que cela ne t'est jamais arrivé. Tu es bien trop soumise pour ne pas l'avoir été davantage auparavant). Obéis, et tu seras traitée comme il te convient. Je veux qu'à mon entrée tu me remettes le cahier à genoux. Au travail. »

Jean trouve dans l'armoire une guêpière de dentelle noire à rubans rouges, une culotte noire bordée de rouge, des bas

152

noirs très fins à couture et de hauts et magnifiques escarpins de vernis rouge.

La guêpière s'attache devant et se lace par-derrière. Son sexe se redresse au fur et à mesure qu'il fixe une à une les agrafes. Sa verge sur la dentelle paraît incongrue, il la caresse doucement. Il enfile les bas et croit jouir au contact de tant de douceur, il les attache bien droit aux jarretelles. Il enfile la culotte et met les escarpins qui sont parfaitement à sa taille.

Il va dans la salle de bains et éprouve un choc délicieux en voyant son image reflétée entièrement par le miroir. C'en est trop, il se masturbe et jouit brutalement. Il reste de longs instants, appuyé contre le lavabo, la tête vide, le cœur battant. Il se lave et réussit à coincer son sexe sous la guêpière. Il sonne. Juliette ne devait pas être loin car elle arrive presque immédiatement.

— Tournez-vous.

Elle saisit les lacets de la guêpière et les serre ! Jean croit qu'il ne pourra plus jamais reprendre son souffle tant sa poitrine et sa taille sont comprimées.

— La taille des filles n'est jamais trop fine.

Comme prévu, il trouve un cahier d'écolier, un crayon, une gomme et un taille-crayon. Sur la couverture rose, il y a Jeanne d'Arc. Il a eu des cahiers de cette marque quand il était petit.

Il l'ouvre, prend le crayon et écrit.

LE CAHIER DE JEAN

« J'arrivais de la Réunion où j'avais fait mon service mili-
« taire. Au bureau, une secrétaire règne, littéralement. Belle,
« vive, féroce, autoritaire. De dix ans mon aînée. Intolérante,
« sobrement mise, redoutable.

« Deux jours plus tard, elle m'invite à déjeuner. En marche
« vers le restaurant, elle me donne ses gants à tenir. Et d'un
« coup, mes jambes deviennent de plomb. Ce simple geste
« me fait violence. Au restaurant, elle parle, et je reste fas-

« ciné, muet. Elle parle pour deux, m'envahit, rit, s'amuse,
« me tutoie. Le repas fini, elle m'annonce :

    « — Viens, on va prendre le café chez moi.

    « Je tente faiblement de refuser : j'ai du travail. Mais sur-
« tout j'ai peur, très peur de cette faiblesse qui m'envahit. Je
« la vouvoie, je m'embrouille.

    « Pour monter chez elle, il y a un escalier raide. Je monte
« devant. Je me sens un rien ridicule, mais violemment
« excité.

    « Son café est bon, du vrai café turc, comme j'aime. Je me
« détends un peu. Je la tutoie, je regarde ses bouquins.
« L'émotion est passée. Et tout à coup :

    « — Montre-moi comment tu es, nu.

    « Je ne sais plus comment cela s'est réellement passé. Je
« me souviens de lacets qui ne voulaient pas céder, je me
« souviens surtout d'avoir terminé par les chaussettes, une
« erreur que je ne referais pas aujourd'hui.

    « Mon sexe est dressé, mes bras ballants, mes yeux vagues.
« Elle reste habillée et muette. Elle fume sans se presser. Et
« elle dit :

    « — Qu'est-ce qui te ferait plaisir, maintenant ?

    « Alors une phrase m'échappe : elle était formée dans ma
« tête depuis le début.

    « — Porter une de vos culottes.

    « Immobile, atterré, j'attends.

    « — Ah ! bon, pourquoi ?

    « Je balbutie, cherche à me rhabiller, à foutre le camp. Je
« n'ai plus aucun désir, sinon de briser cette tension. Elle
« m'attrape le poignet, me fait mal.

    « — Ne bouge pas.

    « Et elle me monte sur les jambes nues une de ses culottes
« qu'elle est allée prendre dans la commode. »

....

Jean s'arrête, les yeux dans le vague. Il retaille son crayon,
efface une faute, la rectifie et continue son récit.

SUITE DU CAHIER DE JEAN

« Et voilà comment, un matin de mai, en deux heures, la
« réalité de mon monde extérieur se retourne comme un
« gant. Il a suffi qu'elle me regarde, sans complaisance, pour
« que je m'englue à elle comme un nourrisson. Je sais désor-
« mais que ce regard me sera nécessaire pour retrouver ce
« chambardement extrême.

« Je le sais encore le lendemain matin en arrivant au
« bureau. J'ai les jambes molles. Dans une pochette en
« papier, j'ai fourré la culotte de la dame : je n'ai pas osé la
« porter à nouveau. Je crois que ce serait une faute.

« Quand le téléphone sonne, je sais que c'est elle, que ça ne
« peut être qu'elle. Et sa voix claque : « Je t'attends. » J'ai
« pris un dossier pour m'occuper les mains, mais aussi pour
« dissimuler la pochette accusatrice. Elle est à son bureau. Je
« ne sais pas si elle est belle, je ne l'ai jamais su. Mais sa façon
« de regarder droit, intensément, me fascine. Sans effort, elle
« domine. Elle sourit avec une sorte d'indulgence en me ten-
« dant un paquet plat, enrubanné, féminin, et une enve-
« loppe :

« — Tiens, va. C'est ma culotte, ça ? Donne. Allons, va.

« Dans le paquet, je trouve une culotte rose, douce, un
« premier cadeau et une lettre.

« Hier, tu portais la mienne, aujourd'hui c'est la tienne.
« Nous sommes vendredi, je te verrai lundi à midi, pas
« avant. Ne téléphone pas. Ces trois soirs, isole-toi quelques
« minutes pour t'agenouiller et me faire ta prière. » Com-
« ment a-t-elle pu tomber si juste !

« Ce mot, le premier de centaines d'autres, allait tisser
« autour de moi un filet de dévotions, d'obéissances et de
« soumissions.

« Le week-end, je tente d'étouffer ma culpabilité immense.
« Je m'agenouille dans la salle de bains transformée en ora-
« toire, la tête vide, le sexe tendu, les bras ballants...

« Le lundi soir, elle me fait venir chez elle.

« — Va te mettre nu devant la glace.

« Je me sens seul, je me déshabille et plie soigneusement
« mes vêtements sur une chaise.

« — Regarde-moi... Je t'ai senti du premier coup. Je ne
« savais pas quel était ton « truc » mais maintenant je le sais.
« D'ailleurs, je le sais vite avec tous les hommes. Viens
« ici.

« Je me retourne, elle est en combinaison, debout. Elle me
« guide, mes bras se glissent derrière ses mollets, ma tête sous
« le volant de son jupon.

« Elle jouit vite, d'un coup, et je reste, moite, contre son
« sexe apaisé. Les minutes passent, je n'ose bouger, j'éprouve
« un plaisir fantastique à cet arrêt des sens : je ne vois,
« n'entends rien. Je sens que je ne viendrai jamais en elle, et
« j'en suis heureux.

« Elle se dégage, me laisse, lèvres violées.

« — On va s'occuper de toi, maintenant. Tout d'abord, la
« prochaine fois que tu viens, je veux que tes aisselles soient
« rasées.

« Le lendemain matin, la Dame me faisait porter, sous
« mon pantalon, un porte-jarretelles noir et des bas à cou-
« ture. C'est dans les toilettes aseptisées d'un bureau de
« Montparnasse que je les enfilais pour la première fois, avec
« gourmandise. Je m'étais mis nu jusqu'à la taille, j'avais
« passé une culotte noire qui portait sur le côté gauche une
« fleur ajourée. Puis j'avais ceinturé ma taille du porte-jarre-
« telles et mis plusieurs minutes à en fixer l'attache sur mes
« reins : ce n'est que plus tard que je trouverai le geste de le
« faire par-devant puis de faire pivoter le tout. Enfin j'avais,
« le pied posé sur la cuvette, monté le premier bas sur ma
« jambe. Plaisir électrique et violent. Les bas étaient fins,
« j'oubliais le ridicule du mollet poilu pour ne voir que les
« reflets moirés. »

*

Jean est si absorbé dans son travail qu'il n'a pas entendu la porte s'ouvrir. Il sursaute en entendant la voix de Lydie.

— Eh bien! petite, on ne salue pas sa Maîtresse?

Jean se lève et se jette à genoux, la tête baissée.

— As-tu bien travaillé? Donne-moi ton cahier et viens dans le salon.

Il se lève et prend le cahier sur la table.

Un grand feu éclaire la pièce. Lydie se laisse tomber sur un grand canapé de cuir fauve. Elle fait signe à Jean de s'approcher.

— Caresse-moi.

Jean se met à genoux, et soulève la robe de sa Maîtresse pendant que celle-ci commence la lecture du cahier.

Lydie vient d'achever sa lecture. Elle reste un long moment immobile, les yeux mi-clos, une main sur la tête de Jean toujours nichée entre ses cuisses. Sa poitrine se soulève de plus en plus vite. Elle pousse un cri bref, se tord en repoussant Jean.

Jean la regarde, ému et fier du plaisir qu'il vient de donner. Sous l'émotion, son sexe bandé s'échappe de la culotte. Il essaie de le rentrer mais n'y arrive pas.

— Tu bandes bien, mais ici cela ne te servira à rien. Mets-toi debout... Tu es assez jolie fille, tes jambes sont belles et droites... Va dans ta chambre, petite, reprends ton cahier et continue ton histoire.

Dans la salle de bains, Jean se masturbe avec fureur. Son plaisir est douloureux.

SUITE DU JOURNAL DE JEAN

« J'habitais à l'époque rue d'Alésia, la Dame, rue des Plan-
« tes. C'est le plus simplement du monde qu'elle me mit en
« esclavage chez moi.

« Je quittais tôt le bureau, je rentrais chez moi et je me
« mettais nu en un instant. Les minutes qui suivaient
« étaient les plus belles du monde. J'allais à la salle de bains

« où je me lavais. Mes aisselles étaient rasées (je les ai eu
« ainsi plusieurs années). Et puis je m'habillais. Pour cela, je
« suivais exactement ce que la Dame avait écrit sur les
« ordres : mes affaires habituelles étaient soigneusement ran-
« gées dans un sac, lui-même placé dans un placard qu'elle
« fermerait à clef à son arrivée. Je prenais dans le premier
« tiroir de la commode telle ou telle pièce de lingerie indi-
« quée par elle. Je vérifiais la parfaite rectitude de la couture
« de mes bas, j'enfilais une combinaison assortie à la culotte
« et au porte-jarretelles et enfin une de ses robes, nos tailles
« n'étaient pas si différentes. Je complétais ma tenue d'escar-
« pins hauts et élégants. Alors commençait mon attente.

« Je l'attendais debout contre la porte fermée.

« L'ascenseur s'arrêtait à l'étage. Je la voyais sortir par le
« judas. J'ouvrais et m'agenouillais. Elle me serrait contre
« son ventre.

« Pendant deux ans, plusieurs heures par semaine, j'ai
« vécu agenouillé à l'ombre d'une femme et j'ai follement
« aimé. Jamais je n'ai protesté, jamais je ne me suis rebellé.
« J'ai vite oublié que j'étais ridicule en fille. D'ailleurs je
« n'étais pas une fille, j'étais une bouche docile.

« Très vite, je n'eus plus de vie privée, aucune. J'étais à ses
« ordres, et seule une raison précise pouvait m'obtenir la
« liberté : un déjeuner, une réunion, un week-end, je devais
« gagner mon temps.

« Je ne pensais qu'à elle. Je connaissais son pas, ses gestes,
« ses mots. Et toujours ce rituel qui s'élaborait, se ramifiait et
« me rendait servante de son plaisir. »

Jean a sommeil. Ses yeux se ferment malgré lui. La porte
s'ouvre, il pense : « C'est elle », mais ce n'est que Juliette
portant un plateau et, repliée sous son bras, une couverture.

— Voilà votre dîner. Ensuite vous dormirez là.

Elle désigne le sol et s'en va en fermant la porte à clef.

Jean mange avec appétit. Il s'allonge par terre, s'enroule

158

dans la couverture et s'endort heureux, un sourire aux lèvres.

Un léger coup de pied le réveille. C'est Juliette qui lui tend un serre-taille blanc, un soutien-gorge sans épaulettes et une culotte assortie, de longs bas gris fumé et des escarpins hauts et pointus de vernis noir.

— Faites votre toilette, habillez-vous, madame vous attend.

L'eau tiède lui fait du bien. Juliette pose un rasoir sur la tablette du lavabo.

— Rasez-vous les aisselles... Talquez-les... non, pas la barbe.

La chambre de Lydie est plongée dans une demi-pénombre. Juliette a laissé Jean au pied du lit et ouvre les rideaux. La pièce s'éclaire d'un coup. « Il fait beau », pense Jean.

Lydie se redresse en grognant.

— Déjà, quelle heure est-il ?

— Huit heures, madame. La petite est là.

— C'est bien, qu'elle vienne.

Jean s'approche du large lit défait. La dure lumière du matin accentue la cinquantaine de Lydie. Au lieu de le rebuter, cela attendrit Jean. C'est naturellement qu'il se met à genoux, qu'il prend la main de sa Maîtresse et qu'il la baise respectueusement, affectueusement. A travers ses yeux mi-clos, Lydie l'observe, attentive et attendrie. « Il va falloir que je me surveille, sinon cette petite me fera faire des bêtises. » Elle retire sa main sans brutalité.

— Lève-toi et marche, que je te voie.

Jean se lève, marche vers la porte, puis revient.

— Bien... très bien... tourne-toi... jolie ligne... le blanc lui va bien... presque mieux que le noir... quoique le noir... la petite garce, mais, c'est qu'elle se croit belle... Reviens...

Jean revient, s'agenouille et attend. Lydie rejette ses draps. Elle porte une chemise de nuit de soie rose bordée de chantilly couleur crème. La chemise est relevée sur ses fortes cuisses.

— Viens faire jouir ta Maîtresse.

Elle ouvre grand ses jambes qui se referment sur la tête de Jean.

Alors commença pour Jean et Lydie une longue période de bonheur où chacun trouva chez l'autre ce qu'il cherchait. Elle téléphona au ministère pour dire qu'elle serait absente une semaine. Le jour ils se promenaient main dans la main le long des quais, dans les jardins de Bagatelle, dans les petites rues du Quartier latin, semblables à n'importe quel couple amoureux avec la seule différence que Jean portait en permanence sous ses vêtements une guêpière très ajustée et des bas. La nuit était réservée à leurs phantames. Il accepta d'elle toutes les humiliations, tous les sévices, heureux d'être un objet entre ses mains.

Quand, à la fin de la semaine, elle le renvoya chez lui, il éclata en larmes et, se jetant à ses pieds, la supplia de le garder. Elle lui promit qu'il reviendrait très vite mais que son départ de la maison ne signifiait pas qu'elle lui rendait sa liberté, bien au contraire. Il devrait chaque jour lui écrire ses faits et gestes, porter sous ses vêtements masculins un serretaille des plus ajustés et des bas. Tenue qu'elle vérifierait au bureau chaque fois qu'elle en aurait envie.

Quand la porte de la rue Didot se referma sur lui, il éprouva une grande détresse devant la rue et sa liberté retrouvée. Mais sa taille serrée le rappela à sa condition d'homme-objet et le rassura. Par la rue d'Alésia, il rejoignit la rue des Plantes, traversa l'avenue du Maine. Rue Froidevaux, il entra dans le cimetière Montparnasse et se promena songeur entre les tombes. Il pensa au sergent Bertrand et se félicita d'avoir un phantasme somme toute banal. Cela le fit sourire.

Léopoldine

ou
la chauffeuse
de Belleville

O mes amants,
Simples natures,
Mais quels tempéraments !

Verlaine

« La journée s'annonce belle », pense Léopoldine en fermant à clef la grille de son pavillon de la villa des Lilas. Elle descend la ruelle en pente en boutonnant sa légère veste de laine bleue. Le bruit de ses pas résonne dans le silence de ce petit matin d'été. Le jour se lève à peine. Comme tous les jours, le chien du père Berthier passe sa grosse tête à travers les barreaux de la grille pour recevoir la caresse et les petits mots d'amitié que ne manque jamais de lui prodiguer Léopoldine. Elle n'aime cependant pas beaucoup les chiens surtout depuis la mésaventure survenue à une de ses collègues qui, pour être protégée, avait acheté un énorme berger allemand et s'était retrouvée à l'hôpital le nez à moitié arraché. Mais celui-là, elle l'a vu grandir et elle sait que malgré ses aboiements furieux contre les étrangers de la villa, il est incapable de faire le moindre mal.

A cette heure-ci, la rue de Mouzaïa est déserte. Les réverbères luisent faiblement dans le jour naissant à travers les feuilles des platanes. Villa de la Renaissance, il y a de la lumière au premier étage de la maison de poupée de Colette, sa meilleure amie. Si elle n'avait pas peur de rencontrer Maurice, le mari policier, elle monterait bien se faire offrir un café. Mais Maurice ne peut pas s'empêcher chaque fois qu'il la voit de lui mettre la main aux fesses, comme au temps où il était le chef de la petite bande de gamins, dont le lieu de rendez-vous était la cascade du parc des Buttes-Chaumont où ils tenaient leurs réunions assis sur les pierres au bord de l'eau.

— Ah ! c'était le bon temps, soupire-t-elle.

Rue de l'Égalité, tout dort encore. Quelques pas, et elle se trouve devant la porte de son garage, rue de la Liberté. Enfant, quand elle se promenait avec son père, ou lorsqu'il l'accompagnait jusqu'au métro Danube, sa petite main fermement accrochée à la sienne et qu'il lui racontait la Commune, elle buvait chacune de ses paroles. Les mots : Liberté, Égalité, Fraternité revenaient souvent dans ses discours et elle était heureuse de voir que, dans son quartier, des rues portaient de si beaux noms. Son père... comme elle l'avait aimé cet ouvrier typographe, amoureux de son métier et de Victor Hugo. C'est à cause de cet amour qu'elle se prénommait Léopoldine. Léo pour ses amis. Elle avait appris à lire dans *Les Misérables* et *Les Travailleurs de la mer,* ce qui lui valut ses premiers cauchemars d'enfant mais également un goût très marqué pour les histoires qui n'en finissent pas, ce qui agaçait un peu mademoiselle Jeanne, la vieille bibliothécaire de la rue Campans qui l'avait vue grandir.

— La littérature ne se juge pas au nombre de pages, bougonnait-elle.

La porte du garage s'ouvre doucement. La voiture démarre au premier tour de clef. Elle sort lentement. Léopoldine laisse le moteur tourner et va refermer la porte. Il fait jour maintenant. Un coq salue à grands cocoricos la nouvelle journée, des merles lui répondent. Tout le petit monde animal de Belleville se réveille tandis que claquent les premiers volets.

Léopoldine se dirige vers la place de Rhin-et-Danube au charme provincial. Elle arrête son taxi devant le café de Victor qui vient d'ouvrir. Tous les matins, les jours où elle travaille, elle vient prendre son café et fumer sa première cigarette. Elle aime cet endroit où, petite fille, elle venait avec son père. Le patron, le fils de Victor, Christian, faisait partie de la bande ; ensemble, ils ont fait leur communion solennelle à l'église Saint-François-d'Assises, il a même failli être son premier amant mais elle lui avait préféré Pierre qui la faisait rire et dont les yeux bleus la chaviraient. Pauvre Pierre, il était mort en Algérie quelques mois après leur mariage. Longtemps elle lui en avait voulu : « A-t-on idée de vouloir jouer les héros, de se faire tuer quand on a vingt-cinq ans et qu'une jolie fille vous aime ? » Longtemps, Christian avait espéré prendre la place de Pierre jusqu'au jour où il avait épousé Josée à qui il avait fait très vite trois garçons dont un, Pierre, était le filleul de Léopoldine.

Le commis vient de terminer le balayage de la salle, l'air sent encore la sciure et la poussière mouillée qui peu à peu se mélange à l'odeur du café. Christian est derrière le comptoir, les manches de sa chemise retroussées sur des avant-bras velus, le corps enveloppé dans un vaste tablier bleu marine. Il se penche pour embrasser Léopoldine.

— Tu as bien dormi, Léo ? Tu es fraîche comme une rose. Hum... ce que tu sens bon... fait-il en fourrageant son nez dans le cou de son amie qui s'écarte en riant.

— Arrête, tu me chatouilles. Donne-moi plutôt mon café.

Il pousse vers elle la corbeille de croissants tout chauds et prépare un double café « bien serré » pour elle et « un petit pas trop fort » pour lui. Ils boivent lentement le liquide brûlant sans parler, se regardant avec amitié. A quoi bon les mots entre eux. Ils se comprennent si bien sans. Léopoldine sait toujours quand quelque chose ne va pas pour Christian. Quant à Christian, il est toujours là quand elle a besoin de lui. C'est comme ça depuis la maternelle.

— Allez, je dois y aller. Tu embrasseras ta femme. Tu as de bonnes nouvelles des mômes ?... J'essaierai d'écrire à Pierrot ce soir ou demain. Salut...

— A demain, Léo...

— A demain, Christian...

Dans sa voiture, Léopoldine met sa radio en marche, la voix monotone de l'opératrice envahit l'espace.

— 21, rue de Javel... 13, rue de Savoie... 107, rue Didot... 23, rue du Faubourg-Saint-Denis... 20, rue Dauphine...

167

43, avenue Théophile-Gautier... 15, rue Linné... 37, rue Manin...

Rue Manin, quelle aubaine, c'est à côté.

— Bonjour, ici 313, je suis rue Manin dans trois minutes.

— Entendu 313.

Devant le 37, rue Manin, un homme d'une cinquantaine d'années, plutôt corpulent, vêtu d'un costume trois pièces sombre à fines rayures blanches, à la veste un peu trop longue, comme en portent en ce moment tous les grands commis de l'État, les hommes d'affaires proches du pouvoir, et quelques voyous de haut vol, serrant un attaché-case contre lui, l'air inquiet de ceux qui ont peur d'arriver en retard à un rendez-vous important ou de manquer leur train ou leur avion. Léopoldine opte pour l'avion. Elle ne se trompe pas.

— A Orly-ouest, mon avion part dans une heure.

— Cela va être juste. Heureusement qu'à cette heure-ci, il n'y a pas encore trop de circulation.

Ils arrivent vingt minutes avant le départ de l'avion. Enfin détendu, l'homme au costume trois pièces laisse un bon pourboire à Léopoldine.

Elle démarre. Un coup frappé à sa vitre l'arrête.

— Jean !

Elle sort de la voiture et se jette dans les bras d'un homme paraissant trente ans.

— Va garer ton taxi, je t'emmène.

— Tu es fou, ce n'est pas possible. Où vas-tu ?

— A Bordeaux, mais je rentre ce soir. Tu veux pas qu'on dîne ensemble ? Ça fait longtemps que tu n'es pas venue me laver dans mon bain.

Il a attiré Léopoldine contre lui et lui palpe les seins en lui murmurant quelque chose à l'oreille, sous l'œil agacé du policier de service.

Elle le repousse, rieuse et grondeuse.

— Quel cochon tu fais. D'accord pour ce soir, mais chez moi. On dînera à la maison. Neuf heures ?...Ça va ?...

— Ça va, ma belle. Neuf heures chez toi.

168

Il l'embrasse après un dernier pelotage.

C'est l'œil brillant que Léopoldine remonte dans sa voiture. Quel drôle de type ce Jean, quand même.

Elle l'a connu comme client à l'aéroport de Roissy, il arrivait de New York, désinvolte et bronzé, dans le froid d'un matin pluvieux de janvier. Son rire, ses propos incohérents, insolents, son bagou de vendeur à la sauvette avaient rendu tout à coup l'hiver supportable. Au premier feu rouge, il était monté auprès d'elle et c'est tout naturellement qu'elle avait accepté de prendre un café chez lui. Comme elle, il habitait une maison, mais dans un quartier plus chic que le sien, villa Molitor. Après lui avoir réglé sa course, il sonna. Un vieux maître d'hôtel vint ouvrir la porte. Son visage s'éclaira quand il reconnut son maître.

— Bonjour, monsieur Jean. Enfin vous voilà, ce n'est pas trop tôt, je commençais à me languir moi, tout seul, dans cette grande maison sinistre.

— Je vous présente Jean, qui veille sur moi comme une mère et qui me tient lieu de nounou, de secrétaire, de majordome, de compagnon, de confident et d'ami, dit Jean, en entourant les épaules du vieil homme et en embrassant son crâne dégarni.

— Voulez-vous arrêter, monsieur Jean. Cela fait trente ans que je vous dis que je n'aime pas qu'on m'embrasse sur la tête.

— Assez bougonné, vieux fou. Prépare-nous du café.

Un peu intimidée, Léopoldine regarde autour d'elle : de très beaux tableaux dans leurs cadres dorés sont accrochés un peu partout. Certains sont par terre contre les murs, les uns contre les autres faute de place.

— Je suis quelquefois un peu marchand de tableaux. Vous venez ?

Il monte devant elle un grand escalier et ouvre une porte. Léopoldine pousse un cri d'admiration. Deux hauts murs sont recouverts de livres aux riches reliures.

— C'est papa qui aurait été heureux ici.

Jean sourit devant cette réflexion naïve. Il attire Léopoldine contre lui et l'embrasse sur le front. Elle lève vers lui un regard surpris.

— Mettez-vous à l'aise. Regardez les livres pendant que je fais couler un bain en attendant le café.

Elle retire sa grosse veste de mouton. A ce moment, le vieux Jean entre accompagné d'une bonne odeur de café. Il dépose le plateau sur une longue table aux pieds surchargés de moulures qui semble tenir lieu de bureau. Il sort en emportant la veste de Léopoldine. Un feu brûle dans la cheminée, éclairant la pièce rendue sombre par le mauvais temps.

Jean rentre enveloppé dans un long peignoir d'éponge blanche. Il verse le café dans les tasses.

— Combien de sucres ?

— Un. Merci.

Il s'assied par terre devant la cheminée, sa tasse à la main.

— Venez vous asseoir près de moi.

Elle s'assied. Ils regardent en silence les flammes, buvant leur café à petits coups. La chaleur engourdit peu à peu Léopoldine qui s'allonge et pose sa tête sur les cuisses de Jean et se laisse bercer par le crépitement des bûches. Peu à peu, un grand bien-être l'envahit, accentué par les caresses de Jean sur ses seins. Elle sent son sexe se dresser contre sa tête. Un désir doux et profond naît au creux du ventre de Léopoldine. Instinctivement, ses jambes se sont ouvertes. Sa respiration s'est accélérée, ses seins se dressent. Elle se tourne un peu et écarte les pans du peignoir. Le sexe long et mince heurte ses narines. Elle se soulève et le prend entre ses lèvres. Jean pousse un soupir de contentement puis un grognement de déception quand Léopoldine se relève.

— J'ai trop envie de faire l'amour. Aide-moi.

Elle tend vers lui une jambe et puis l'autre pour qu'il lui enlève ses bottes, tandis qu'elle retire son pull-over et dégrafe son soutien-gorge. Jean pousse un cri d'admiration devant l'énorme poitrine aux longues pointes qui semblent déborder le torse plutôt mince de Léopoldine. Celle-ci est très fière de ses seins qui, malgré son âge et leur opulence, se tiennent fort bien. La jupe tombe à son tour. Elle ne garde sur elle qu'un assez vilain porte-jarretelles bleu tenant des bas de laine vert foncé. Elle ne porte pas de culotte. Son épaisse toison suffit à l'habiller. Jean s'est mis à genoux devant elle, empoignant les fortes fesses très blanches.

— Oh non ! pas ça, j'ai trop envie de faire l'amour.

Il la pousse vers le fond de la pièce et la fait basculer sur un lit très grand, recouvert de fourrure qu'elle n'avait pas remarqué à cause du peu de lumière.

Elle gémit tout le temps qu'ils font l'amour. Elle jouit très vite, serrant très fort Jean entre ses jambes. Il s'arrête pour la regarder.

— Que tu es belle, l'amour te va bien.

— Continue, je t'en prie, j'ai encore envie. Il y a longtemps que je n'avais pas fait l'amour.

Il obéit, attentif et tendre. Leur plaisir éclate en même temps.

Jean s'est endormi, il est réveillé par une caresse dont la douceur prolonge la volupté du sommeil. La bouche et la langue de Léopoldine sont d'une telle habileté que, très vite, il retombe dans un bienheureux coma.

Elle se laisse retomber contre lui en essuyant ses lèvres du revers de la main.

Il regarde la pendule de la cheminée.

— Bientôt midi... J'ai une de ces faims... Pas toi ?... On prend un bain et on va manger des huîtres chez Prunier.

— Bientôt midi. Et moi qui n'ai rien fait.

— Je te prends à la journée. On ira en taxi chez Prunier.

Elle secoue négativement la tête en riant.

— Tu es fou... Tant pis, je vais prendre un jour de vacances ; et puis j'ai envie de manger des huîtres.

Ils prennent leur bain ensemble, la baignoire est assez grande pour deux. Très vite, la salle de bains est transformée en piscine. Ils refont l'amour dans l'eau en se disant qu'ils sont des phoques. Il est deux heures de l'après-midi quand ils arrivent au restaurant.

Le maître d'hôtel se précipite.

— Votre table est libre, monsieur Jean.

La quantité d'huîtres, d'oursins, de praires et autres coquillages qu'engloutit Léopoldine fait pousser des cris d'admiration à Jean. Ils mangent et ils boivent comme s'ils étaient à jeun depuis plusieurs jours. C'est un peu ivres qu'ils quittent le restaurant. Il est près de quatre heures.

Ils remontent dans le taxi et reprennent le chemin de la villa Molitor où ils passent le reste de la journée au lit.

Depuis cette journée mémorable, ils se sont souvent revus mais restent quelquefois plusieurs semaines si ce n'est plusieurs mois sans se voir. Mais, à chaque fois, c'est une fête.

Léopoldine se fait une joie du dîner de ce soir. Elle pense au menu et se demande ce qu'elle pourrait faire surtout que la plupart des commerçants sont fermés à cause des vacances. Bah ! elle se débrouillera. Bien qu'il soit gourmand, elle sait très bien que ce n'est pas pour sa cuisine, par ailleurs excellente, qu'il vient la voir. C'est drôle quand même. C'est le seul de ses clients-amants qui soit venu chez elle. Les autres, elle les aime bien, comme ça, mais Jean, c'est différent, il l'intrigue. Elle ne comprend pas pourquoi cet homme jeune, riche et beau, s'intéresse à elle qui n'est plus jeune ni très belle. La grosseur de ses seins, ce n'est pas suffisant. Son goût pour l'amour, mais ce n'est pas si rare. Sa disponibilité peut-être, son manque de jalousie, sa bonne humeur ?

— Près de toi, je suis bien. Sais-tu que tu es ma première chauffeuse de taxi ?

Cela l'avait fait rire. Il avait ri aussi quand elle lui avait dit, que « par contre, lui, n'était pas son premier amant-client... » Curieux, il lui avait demandé des détails et s'était montré surpris du peu d'imagination des hommes la draguant. Il l'avait regardée avec admiration quand elle lui avait dit être souvent la première à faire les avances.

— Que veux-tu, si un homme me plaît, je le lui fais savoir clairement. A lui de voir si ça lui convient.

— Et tu fais ça souvent ?

— Oh ! pas si souvent, c'est rare que je rencontre un

homme dont je me dis : « Tiens, je ferais bien l'amour avec lui. »

Jean a garé sa grosse voiture rue de Bellevue. Comme d'habitude, il est en retard. Il porte un magnum de champagne rosé. Quand Léopoldine ouvre sa porte, il est enveloppé par une appétissante odeur.

— Oh ! que ça sent bon, que ça sent bon. A table, je meurs de faim.

Il pose la bouteille de champagne par terre et soulève Léopoldine. Ils perdent l'équilibre et se retrouvent tous les deux sur le carrelage de la minuscule entrée. Il tente de lui relever sa jupe et d'écarter sa culotte.

— Laisse-moi... Tu es déjà en retard, tout va être trop cuit.

— C'est de toi dont j'ai faim.

Elle se débat, tente de s'échapper mais il pèse sur elle de tout son poids.

— Tu m'étouffes.

Il réussit cependant à ouvrir son pantalon et à sortir son sexe dressé. Léopoldine lutte encore un peu, puis cède en soupirant.

— Ne me dis pas que tu n'en avais pas envie, dit-il en s'enfonçant.

Ils jouissent très vite comme ceux qui n'ont pas fait l'amour depuis longtemps et qui ont très envie l'un de l'autre.

Il l'aide à se relever. Elle est rouge et décoiffée.

— Je dois avoir bonne mine... mon Dieu, mon gigot...

Elle se précipite dans la cuisine, sa culotte à la main et c'est avec elle qu'elle retire la viande du four.

— Eh bien, il était temps. Je ne t'aurais jamais pardonné si le gigot avait été trop cuit.

Le dîner est délicieux, le champagne presque assez froid. Par la fenêtre ouverte, entrent les dernières notes annonçant la fin des émissions de télévision, l'aboiement d'un chien, le

173

rire d'une fille, l'odeur des géraniums et des giroflées du minuscule jardin de Léopoldine.

— On est si bien chez toi. On sent que tu aimes cette maison.

— J'y suis née. Ici, je me sens protégée. J'aime cette maison, cette rue, ce quartier...

— Malgré les vieilles derrière leurs fenêtres ?

— Malgré les vieilles derrière leurs fenêtres. Tu comprends ? Ce quartier a une âme... malgré les immeubles de standing comme disent ces salauds de promoteurs... J'ai vu des rues entières disparaître sous les engins, des rues où habitaient mes amis... Tiens... la rue de Bellevue... si tu l'avais connue avant... et la place des Fêtes... pour faire des choses comme ça, faut pas aimer les gens... Quelquefois, je me dis, tu ne devrais pas t'attacher comme ça à une maison, à un quartier... Mais vois-tu, nous sommes tous comme ça, les enfants de Belleville et des Buttes-Chaumont... Pourtant, quand on était gosse, on était agacé par les vieilles qui nous épiaient derrière leurs vitres, les vieux qui faisaient semblant de fumer leur pipe ou de gratter leur jardin, mais qui nous pinçaient les fesses ou nous disaient des cochonneries à la première occasion... Les soirs d'été, tout le monde était dehors, on sortait les chaises et d'une maison à l'autre on parlait. Les ménagères échangeaient des recettes, des points de tricot, les bonshommes, des tuyaux pour les prochaines courses, les gamins jouaient à cache-cache et passaient d'un jardin à l'autre en poussant des cris, les adolescents se prenaient la main derrière le dos des mères rendues moins attentives par la douceur de l'air ou le dernier potin de la villa Sadi-Carnot ou de la villa Eugène-Leblanc ou, plus loin encore, villa Verlaine ou villa Rimbaud... Tu trouves pas que c'est bien qu'ils les aient rapprochés ces deux-là, même dans un coin perdu de Paris ?... Les plus dégourdis, dont j'étais, se retrouvaient aux Buttes... Là, j'ai tout connu, mon premier baiser, ma première trahison, mon premier amour aussi... Maintenant, la télé a tué tout ça... Les soirs d'été, on n'entend que les bruits des postes... Ils ne prennent même plus le frais... Mais, ce qui est plus grave, c'est qu'ils se sont mis à avoir peur... Dès qu'une silhouette inconnue apparaît dans une villa, au détour d'un escalier, ils tremblent... quelquefois, ils vont même jusqu'à appeler les flics s'ils croient avoir vu quelqu'un de suspect, d'étranger à la rue... inutile de te dire que si tu as une gueule de métèque, non seulement ils appellent les flics, mais ils lâchent les chiens...

— Tu exagères.

— A peine... Mais malgré ça, je les aime. Par bien des côtés, je leur ressemble. Comme eux, je suis une vraie Parisienne. Par vraie, je veux dire, amoureuse de ma ville, de mon quartier. Pour rien au monde, je n'irais vivre ailleurs. Ici, je suis chez moi... Que la nuit est douce ce soir...

— Si nous allions nous promener ? Tu me montrerais « tes » rues.

Léopoldine se serre contre Jean.

— Je veux bien. Allons boire un verre au bar de la Liberté. Mais, embrasse-moi d'abord.

Tôt le lendemain matin, Jean a quitté sa chauffeuse de taxi, les jambes un peu molles, en se disant que ce sera la prochaine fois qu'il ira prendre un verre au bar de la Liberté.

Laurence

ou
le musicien noir
de la rue Saint-Denis

O nègre nu
Dont le vit me sourit
Comme un bel inconnu

Apollinaire

Laurence range son bureau avec un soupir de soulagement. Cette journée lui a paru interminable. Et cette chaleur ! Paris au mois d'août a beaucoup de charme, mais par cette canicule, c'est insupportable. La sueur coule entre ses seins et le long de son dos. Ah ! vivement un bon bain, non, une douche bien glacée. Cette perspective détend un peu ses traits maussades. Aux toilettes, elle se passe un peu d'eau sur le visage et sous les aisselles. Elle sourit à son reflet dans le miroir, elle est encore toute bronzée de son séjour à l'île de Ré. Elle sera belle ce soir pour dîner avec Jacques. Ah ! Celui-là ! Elle commence à en avoir assez de leurs rencontres à la sauvette entre deux avions, deux trains, deux femmes, l'actuelle et l'ancienne, et ses enfants ! Elle se demande comment elle a pu supporter cette liaison pendant trois ans. D'habitude, le mois d'août à Paris lui était consacré. Cette année, des complications familiales ont surgi : adieu dîners champêtres aux environs de la capitale, petits bals des bords de la Marne, weekends à Deauville ou à Honfleur, promenades nocturnes dans la forêt de Fontainebleau, nuits d'amour sans souci de l'heure... A l'évocation de tous ces plaisirs perdus, les larmes viennent aux yeux de Laurence. « Cela ne peut pas durer ! » Furieuse contre elle-même et contre son amant, elle essuie ses yeux rougis, met ses lunettes de soleil, répond à peine à « l'au revoir, mademoiselle Laurence » du vieux gardien et sort de l'immeuble en claquant la porte. La chaleur poisseuse qui lui saute au visage calme immédiatement sa fatigante et inutile colère.

L'avenue de l'Opéra est presque vide. Elle regarde autour d'elle, tout à coup désemparée. Non !... Ce n'est pas possible !... Jacques !... son amant est là sur le trottoir d'en face. Elle traverse en courant, un automobiliste l'évite de justesse et sort une tête rougeaude en éructant des insultes. Laurence se jette dans les bras qui se tendent vers elle. Contre lui, elle oublie tout : son été gâché, la chaleur, sa mauvaise humeur. Ils s'embrassent avec fougue comme deux très jeunes amoureux. Laurence lui dit sa joie, sa surprise de le trouver là.

— J'avais tellement envie de toi. Je ne pouvais pas attendre ce soir. Si nous allions dans notre petit hôtel ?

Elle acquiesce en riant, heureuse et fière de lui inspirer tant de désir. Elle s'accroche à son bras. Ils prennent la rue des Petits-Champs.

Leur « petit hôtel » comme ils l'appellent, Laurence n'en a jamais su le nom, est un assez misérable hôtel de passe derrière le Palais-Royal, qu'ils ont découvert par hasard au cours d'une de leurs promenades où l'envie de faire l'amour les avait saisis tous les deux. Depuis, ils y sont revenus assez souvent.

L'escalier de cette vénérable demeure, raide et étroit, est recouvert d'un tapis rouge usé jusqu'à la corde en son milieu, déchiré par endroits, ce qui rend l'escalade difficile et dangereuse. Un être sans âge, sans sexe et sans forme les précède en portant des serviettes d'un blanc douteux. La créature s'arrête en soufflant devant une des deux portes du troisième étage, réussit après deux essais infructueux à faire tourner la clef dans la serrure. Elle pose en bougonnant les serviettes sur le lit et prend le pourboire que lui tend Jacques sans le moindre remerciement.

Après la chaleur de la rue, la fraîcheur et la pénombre de la modeste chambre leur font du bien. Jacques a ouvert le lit. Oh, surprise ! les draps sont blancs et fleurent bon la lavande. Jacques aide sa maîtresse à se déshabiller. Comme à chaque fois, il est ému par le corps menu et ravissant de Laurence. Elle est nue sous sa robe.

— Tu n'as pas honte de te promener comme ça ? C'est un appel au viol.

Elle s'échappe, rieuse, et se jette sur le lit, bras et jambes écartés. Il se déshabille lentement tout en la regardant, comme pour faire durer l'attente.

— Dépêche-toi, dit-elle, impatiente.

Enfin, il s'allonge près d'elle, la prend dans ses bras, caresse doucement ses seins, son ventre. Laurence se colle à lui.

— Prends-moi, prends-moi vite...

— Calme, calme, mon doux petit, nous avons tout le temps...

Mais Laurence ne l'entend pas ainsi, elle se redresse, force son amant à s'allonger, s'assied à califourchon sur lui. Elle fait lentement pénétrer son sexe en elle, les yeux clos comme pour mieux savourer cette douceur envahissante. Quand elle le sent au plus profond d'elle-même, elle pousse un petit cri de victoire.

— Tu es à moi, c'est moi ton amant, je vais te faire l'amour.

Il se laisse faire, qu'elle est belle ainsi, les seins agités, les reins cambrés. Mais il la préfère sous lui, dominée par lui. Il la bascule sans sortir d'elle et lui fait l'amour presque brutalement. Il étouffe les cris de Laurence sous ses lèvres.

Ils jouissent ensemble, longuement. Elle s'assoupit en murmurant :

— Que j'aime faire l'amour avec toi !

Quand elle ouvre les yeux, elle remarque que la lumière a changé. Elle regarde son amant endormi et s'étonne de l'importance qu'il a dans sa vie. Elle sourit en songeant que tout son bonheur est là, dans ce corps nu, vulnérable, abandonné, pour l'instant sans agressivité et sans pensée. Que l'amour tient en peu de chose ! Elle se lève, songeuse, fait couler l'eau du bidet et se lave machinalement. Le bruit de l'eau le réveille. Il la regarde en souriant.

— Ne me regarde pas, je n'aime pas que tu me voies ainsi.

— Petite sotte, tu as tort, tu es si belle.

Il se lève d'un bond, se lave au lavabo.

— J'ai faim. Où as-tu envie de dîner ?

— Je ne sais pas, où tu veux. Dehors ce serait bien, il fait si beau. Mais je veux passer chez moi pour me changer.

Ils quittent la chambre et descendent l'étroit escalier en se tenant par la taille.

Il est tard quand ils arrivent à la Closerie des Lilas. Leur table en terrasse les attend depuis déjà un bon moment. Laurence réclame du champagne rosé « pour la fête ». Elle est gaie, ravissante, bavarde. Elle s'arrête au milieu d'une phrase, frappée par son silence.

— Qu'as-tu ? Tu ne dis rien ? On dirait que tu t'embêtes.

— Mais non, ce n'est pas ça.

— Tu as des ennuis ?

— Oui, en quelque sorte.

— C'est quoi ? Dis-le-moi.

— Tu vas encore faire la tête... Je suis obligé de partir tôt demain matin.

Un grand froid tombe sur Laurence qui reste la fourchette en l'air, l'appétit coupé.

— Oh, non ! Pas ça !...

Les larmes lui viennent aux yeux. Cela agace Jacques qui, se sentant fautif, la rabroue.

— Tu ne vas pas te donner en spectacle ?

Laurence essaie de retenir ses larmes. Mais son chagrin et sa déception sont tels qu'elles glissent en abondance sur ses joues. Elle baisse la tête et essaie de les essuyer le plus discrètement possible. Son cœur bat à gros coups dans sa poitrine oppressée. C'est d'un ton radouci qu'il lui dit en lui tendant son verre de champagne :

— Calme-toi. J'essaierai de revenir la semaine prochaine et là, nous partirons quelques jours.

— Non, ce n'est pas vrai. Tous les ans c'est la même chose.

Tous les ans ce sont des promesses de voyages, de vacances jamais tenues. J'en ai marre de tes femmes, de tes enfants, de ton travail. J'en ai marre d'attendre tes appels, d'être disponible quand toi tu ne l'es jamais. De modeler mon emploi du temps sur le tien. De ne plus voir mes amis parce qu'ils ne te plaisent pas. Les tiens non plus ne me plaisent pas, je les trouve pontifiants, ennuyeux et vulgaires...

— Tu as tort, ils t'aiment beaucoup.

— Ils m'aiment beaucoup ?... Ils ont envie de coucher avec moi, c'est tout ce qui les intéresse et aussi le désir de t'ennuyer. Mais cela va finir. J'en ai assez, tu entends, j'en ai assez.

Sans s'en rendre compte, Laurence a haussé le ton. Des tables voisines, on la regarde avec ironie.

— Ma pauvre fille, tu es ridicule.

Laurence a pâli devant l'air méprisant et méchant de son amant. Elle contient une envie folle de le gifler et de renverser la table. Elle le hait à ce moment-là. Elle se lève, ramasse son sac et, dédaigneuse :

— Vous m'ennuyez, adieu.

Elle sort comme portée par sa colère. Sur le boulevard du Montparnasse, elle hésite sur la direction à prendre. Jacques la rejoint et la prend sans ménagement par le bras.

— Cesse cette comédie. Viens.

Elle se dégage.

— Ce n'est pas de la comédie. J'ai envie d'être seule. Je ne veux plus te voir.

Il tente de lui reprendre le bras.

— Va-t'en, laisse-moi.

Elle s'en va en courant vers le carrefour Vavin.

Essoufflée, elle s'arrête et se retourne. Il est parti. Bon débarras, pense-t-elle. Elle repart doucement, calme, apaisée, avec un curieux sentiment de jubilation triste. Elle se sent libre.

Elle marche vers les lumières du carrefour, le corps encore secoué de sanglots mais la tête froide. Elle traverse le boulevard Raspail, hésite entre le Dôme et la Coupole. Il y a trop de monde aux terrasses, elle revient sur ses pas et prend la rue

Delambre. Le Rosebud lui paraît un endroit idéal pour passer sa soirée de femme célibataire et arroser ce qu'elle appelle « la rupture ». Elle s'assied au bar du sombre établissement. Elle commande un café et une fine champagne. Elle regarde autour d'elle, peu de monde encore, surtout des Américains et des Allemands. Un homme assis à côté d'elle essaie d'engager la conversation, elle le regarde de haut en bas, juge qu'il n'est pas possible et se retourne vers la salle. Mais rien ni personne ne retient son attention. Où aller ? Où trouver un endroit amusant ? Elle se souvient d'une boîte antillaise dans le quartier où elle est allée deux ou trois fois avec des amis. C'était un endroit gai, sympathique, avec une clientèle de gentils Martiniquais qui dansaient la biguine et le méringué comme d'autres font l'amour, avec précision et volupté. Elle se souvient qu'un soir ayant bu un peu trop de ti'punch, elle avait flirté avec le pianiste d'une manière suffisamment provocante pour que ses amis, pourtant peu bégueules, la rappellent à un peu plus de tenue. Est-ce pour se donner du courage qu'elle commande une seconde fine ?

Dans la petite boîte, il règne une chaleur tropicale. La chemise des hommes est ouverte jusqu'à la taille. Leur peau noire est luisante de sueur. Quant aux femmes, leurs robes sont tellement collées à leur corps qu'elles ne laissent rien ignorer des détails de leur anatomie et les font paraître plus que nues. Malgré la chaleur, ils dansent sur les rythmes follement excitants de la musique antillaise. Laurence s'installe à une petite table libre non loin de l'orchestre. Le pianiste l'a reconnue et lui fait un signe de la main. Elle lui répond par un sourire.

Un grand Noir l'invite et se lance dans un déhanchement compliqué. Laurence a du mal à le suivre. Il la plaque contre lui et peu à peu son corps épouse chacun des mouvements de son danseur qui manifestement prend un grand plaisir à la danse. A un point tel qu'elle se demande s'il ne va pas avoir un orgasme, là, au milieu de la piste. Heureusement, la musique s'arrête. Galant, il la reconduit à sa place. Elle boit d'un trait le punch à la noix de coco qu'elle a commandé. Elle appelle le garçon et en demande un autre.

— C'est pour moi, dit le pianiste au garçon en s'asseyant à la table de Laurence.

Une conversation plutôt pénible s'engage. Ils n'ont rien à se dire.

— Je m'appelle Georges, et toi ?

— Laurence.

— C'est joli Laurence. Tu viens danser ?

Ils se lèvent. Et là, plus besoin de parler. Sa danse à elle seule est tout un discours que Laurence comprend fort bien et auquel elle répond comme il convient.

— On soupe ensemble après la fermeture ? Il y a près de chez moi un restaurant tenu par des copains, ouvert toute la nuit.

Jusqu'à l'heure où le pianiste finit son travail, Laurence a bu, dansé, ri, oublié. Des mains avides ont froissé sa robe. C'est passablement ivre qu'elle monte dans la vieille guimbarde du musicien. Il gare sa voiture boulevard de Sébastopol. Il attire Laurence contre lui et l'embrasse. Les lèvres épaisses la surprennent. Elle les mordille, arrachant des grognements à son compagnon, puis le repousse et descend de la voiture. Malgré l'heure tardive, il fait toujours très chaud. Elle tournoie sur elle-même, découvrant ses longues jambes et l'absence de culotte. Le Noir s'approche et lui met les mains entre les cuisses.

— Tu as envie, hein ?

Elle se frotte contre cette main qui cherche à s'introduire en elle.

— Oui, mais tout à l'heure, j'ai faim.

C'est main dans la main qu'ils font leur entrée dans le restaurant antillais des copains de Georges. Ils boivent d'autres punchs et commandent des crabes farcis et des boudins aux piments.

Laurence s'étourdit de paroles et de rires. Toute la soirée, à chaque fois que le souvenir de Jacques s'est présenté à son esprit, elle l'a chassé en buvant. Elle ne veut plus penser à lui et pour bien se prouver que c'est fini, elle va coucher avec ce brave Georges. Lui ou un autre, n'importe quel homme un peu gentil et pas trop moche ferait l'affaire. Lui, il est plutôt beau, bien bâti ; sa peau est douce et puis, ce sera la première fois qu'elle fera l'amour avec un nègre. Elle roule dans sa tête ce mot comme une obscénité et se le reproche. Comme pour se faire pardonner, elle se blottit contre lui.

— On rentre, j'ai sommeil.

Rue Étienne-Marcel, le jour se lève, rose. La journée s'annonce déjà torride. Laurence titube un peu, il la tient par la taille en remontant la rue Saint-Denis. Quelques putains courageuses sont encore appuyées au mur devant l'entrée des hôtels. C'est dans l'un d'eux que l'emmène Georges. Il a un mouvement d'épaules comme pour s'excuser.

— C'est ici que j'habite.

Au quatrième étage, elle s'assied sur les marches, à bout de souffle. Il l'aide à se relever et la soulève comme il ferait d'un enfant. Sa tête s'incline sur la dure épaule. Deux étages plus haut, il la remet debout pour ouvrir sa porte. Un soleil jeune et frais s'engouffre par la fenêtre ouverte. La chambre est vaste et gaie, encombrée d'instruments de musique, de disques, de revues pornos, de vêtements lancés n'importe où.

— Excuse-moi, c'est un peu en désordre.

Il ramasse pêle-mêle revues, vêtements, chaussures et les fourre en vrac dans une armoire. Il débarrasse le lit des disques, boîtes de bière vides, journaux déchirés, veste de pyjama trouée, qu'il pousse sous le lit et regarde autour de lui avec satisfaction.

— Voilà, c'est rangé. Tu veux de la musique ?

Sa conception de l'ordre fait sourire Laurence. Oui, elle veut bien de la musique. Elle s'allonge sur le lit tandis qu'un blues emplit la pièce.

> *Big boss man*
> *Can't you hear me when I call*
> *Well, you ain't so big*
> *You're just tall, that's all.*

Laurence reconnaît la chanson tant de fois entendue, chantée par Elvis ou Jerry Lee, mais ne connaît pas cette voix incroyablement sensuelle, presque obscène. Elle ramasse la pochette sur laquelle elle lit : Jimmy Reed. Le nom ne lui dit rien. Ses connaissances en blues sont, en effet, fort limitées.

— Ça, petite, c'est la version originale. C'est beau, hein ? Autre chose que ce qu'en ont fait tous les rockers blancs.

Il s'est dévêtu. Laurence le regarde avec une pointe d'angoisse. Il est très beau, son corps noir magnifique se découpe devant la fenêtre sur fond de ciel rose et gris, la voix rauque du chanteur de blues semble être la sienne. Lui aussi la regarde et son sexe se dresse lentement.

> *Big boss man*
> *Can't you hear me when I call*
> *Well you ain't so big*
> *You're just tall, that's all.*

Laurence contemple, fascinée, ce phallus sombre qui se dresse pour elle. Elle est émue de tant de force et de beauté. « Que la queue d'un homme est belle », pense-t-elle. Elle n'a plus sommeil. Elle n'a qu'une envie, toucher, posséder ce morceau de chair. Elle tend les mains comme un enfant devant un jouet convoité. Georges s'approche et s'agenouille auprès d'elle. Elle prend le dur objet, sa main n'en fait pas le tour. Elle le porte à ses lèvres et le picore de petits baisers. Mais pour Georges, le temps des mignardises est passé, c'est baiser qu'il veut ; il le dit.

— Jolie petite tourterelle, viens que je te baise.

Il lui arrache plutôt qu'il ne lui enlève sa robe et la pénètre sans ménagements excessifs. Ses dimensions sont telles que Laurence se sent comme un papillon cloué sur une planche. La sensation est si exacte qu'elle n'ose bouger de peur d'être déchirée. Il jouit très vite, la laissant déçue. Il rit devant sa mine désappointée.

— Ne t'inquiète pas, ça faisait trois jours que je n'avais pas fait l'amour et puis tu m'as excité toute la soirée en bougeant ton petit cul.

Il change de disque. Cette fois c'est un air de reggae qui envahit la chambre. Quand il revient vers le lit, il est prêt pour un nouvel assaut.

Combien de fois lui fit-il l'amour ? Laurence eut l'impression qu'ils n'arrêtèrent pas.

Quand elle se réveilla, il était trois heures de l'après-midi. Philosophe, elle décida qu'il était trop tard pour prévenir son bureau et que, d'ailleurs, on avait dû forcément remarquer son absence. Elle remit à demain le prétexte à inventer. Et Jacques ? L'avait-il cherchée ? Était-il parti quand même rejoindre sa famille ? Son cœur se serra à cette pensée. « Laisse tomber, tu verras ça demain avec le reste. »

Ils firent leur toilette en riant. Refirent une dernière fois l'amour avant de descendre prendre leur petit déjeuner. Ils engloutirent au café du coin chacun quatre ou cinq croissants et autant de cafés sous l'œil admiratif des putes attablées devant des demis ou des menthes à l'eau.

— Eh bien, dis donc, t'as besoin de te refaire une santé, ma petite.

Sur le trottoir, il posa ses deux mains sur ses épaules et la regarda tendrement.

— On se reverra ?

— Peut-être...

Elle partit sans un regard en arrière dans sa robe froissée. Les hommes se retournaient sur elle, troublés par cette jolie fille qui si visiblement sortait d'un lit. Elle décida de rentrer chez elle à pied. La traversée du Pont-Neuf fut pénible, tant le soleil tapait dur. Par contraste, la rue des Grands-Augustins lui parut fraîche. Elle s'arrêta au coin de la rue Christine : son amant venait vers elle, pâle, les traits tirés salis de barbe, les yeux rougis. Il la prit dans ses bras et la tint longuement serrée contre lui. Laurence ne fit pas un geste.

TABLE

ACHEVÉ D'IMPRIMER LE 2 JUIN 1988
SUR LES PRESSES DE L'IMPRIMERIE HÉRISSEY
POUR LE COMPTE DE FRANCE LOISIRS
123, BOULEVARD DE GRENELLE, PARIS

Imprimé en France

Dépôt légal : Juin 1988
N° d'imprimeur : 45537 — N° d'éditeur : 14070